本書は２０２０年１月にポプラ社より刊行された、『地底アパートと幻の地底王国』（ポプラ文庫ピュアフル）を特装版にしたものです。

地底アパートと幻の地底王国

目次

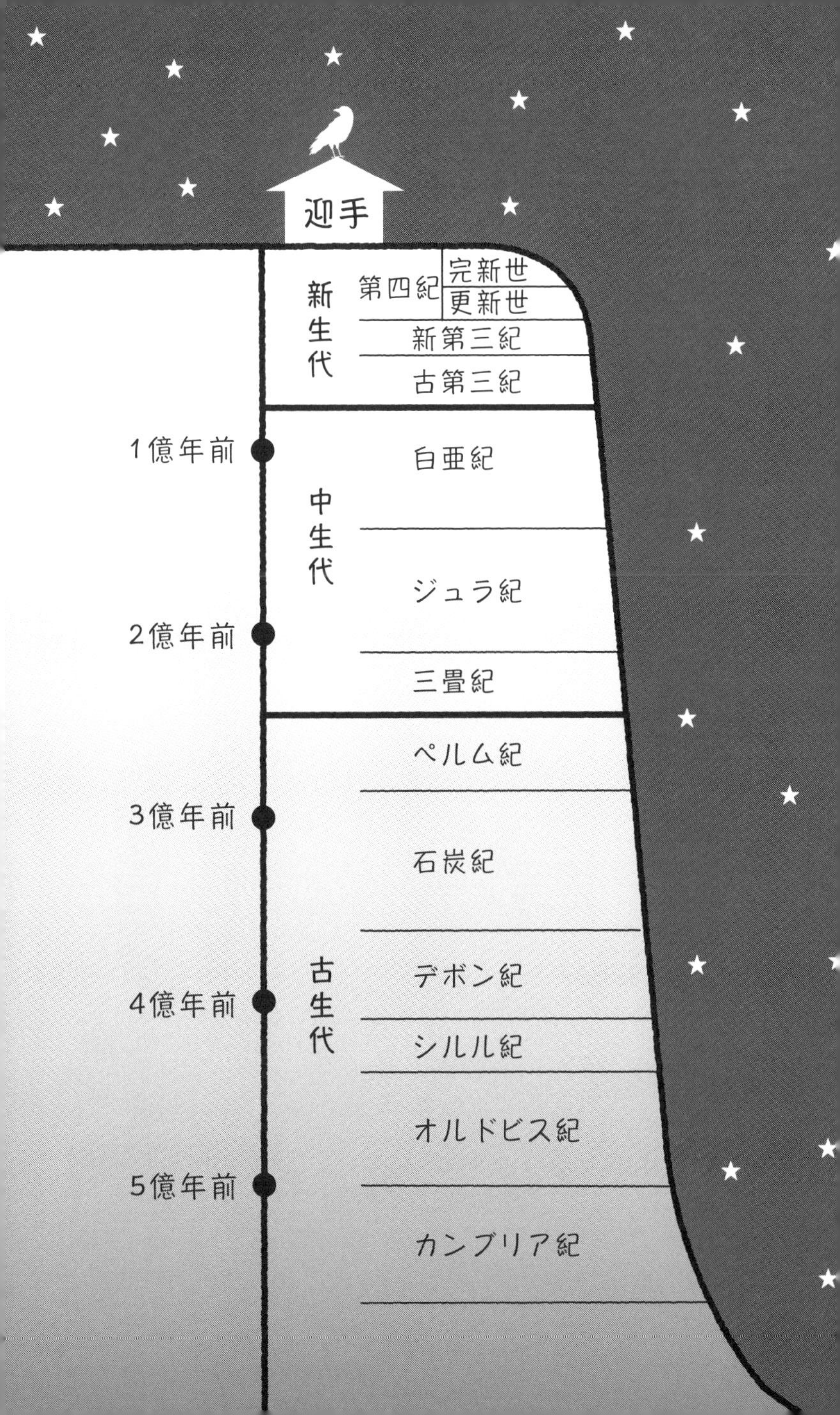

迎手

新生代

第四紀

完新世

更新世

新第三紀

古第三紀

中生代

1億年前

白亜紀

ジュラ紀

2億年前

三畳紀

古生代

ペルム紀

3億年前

石炭紀

デボン紀

4億年前

シルル紀

オルドビス紀

5億年前

カンブリア紀

登場人物紹介

タマ

ヴェロキラプトルの幼体。地底世界から親とはぐれてまぎれこんできた。もふもふ。

MAXIMUM-β17

201号室

通称マキシ。歴史を変えるために未来から派遣されてきたアンドロイド。

加賀美 薫

210号室

モデルの仕事もしている大学生。女装すると完璧にかわいいが、男子。タマの面倒を見ている。

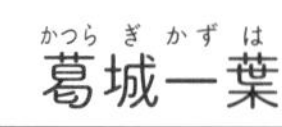

葛城一葉

202号室

主人公。ネットゲームが大好きな、気のやさしい大学生。地底アパートで一人暮らしを始めたばかり。

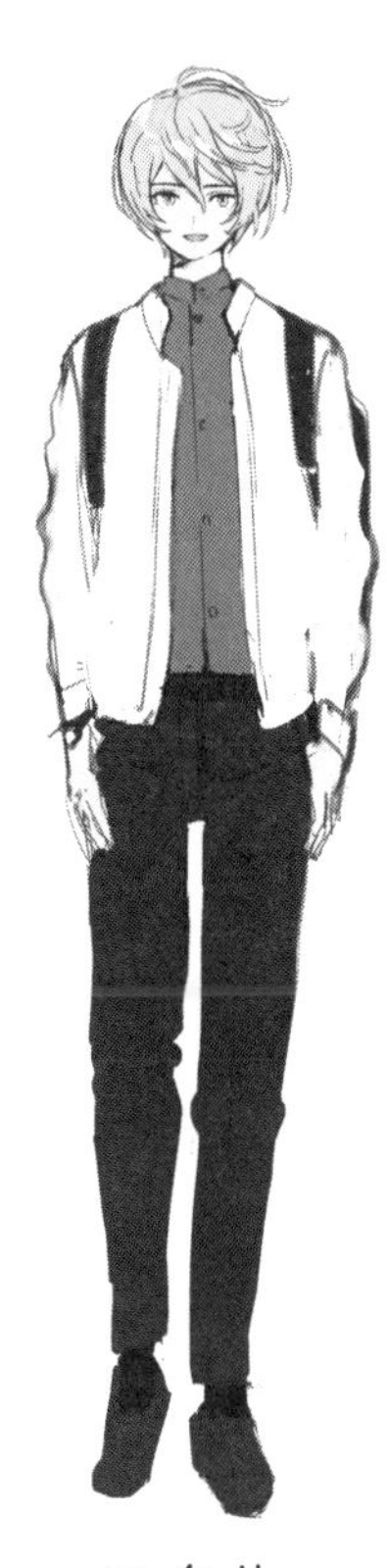

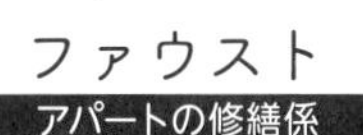

エクサ

住み込みで働く

一葉の大学に来たイケメン留学生。実はマキシとは別の未来から派遣されてきた、兵器を搭載したアンドロイド。

ファウスト

アパートの修繕係

かつて名を轟かせていた偉大な錬金術師でメフィストの相棒だった。好奇心が並外れて旺盛。

メフィストフェレス

大家

自称悪魔。雑貨屋「迎手」店長兼アパート「馬鐘荘」の大家。地下1階の食堂では毎日母の味を提供している。

これまでのお話

ゲームばかりしているために家から追い出された大学生の一葉は、妹が契約してくれたアパートに入居した。そこは、自称悪魔の大家メフィストフェレスが、ある目的のために建てた、住居者の“業”によって、地下にどんどん深くなる異次元アパートだった。深度ごとの地質年代の空間が出現し、マンモスや恐竜があらわれる環境や事件にあたふたしつつも、隣人アンドロイドや女装男子、錬金術師や人懐こいアンドロイドなど個性的な居住者たちといつしか友情をはぐくみ、すっかり順応している一葉なのであった……。

第一話　到達！　未知なる地底都市

東京都豊島区池袋の地底にアパートがあると、誰が信じるだろう。

きっと、嘘を吐いていると思われるか、誰かが吐いた嘘を信じているのだと気の毒がられるか、お酒の飲み過ぎだと思われて水を勧められるか、そんなことよりも永田町の地下に秘密結社がねと都市伝説で盛り上がられるかのどれかだろう。

いやでも、東が西武で西が東武という池袋の不思議を語った歌もあることだし、意外と何でもありかもしれない。

そんな馬鹿な。

「何でもありって言われていても、許容されるものとそうでないものがあるよな」

僕、葛城一葉はぼやいた。大学二年生になったし、そろそろ世の中の暗黙の了解を知っておきたい。

僕が住んでいる『馬鐘荘』は、池袋駅西口から徒歩数分の所にある。ゼロ円ハウスのおじさんや、異国情緒あふれる言語で会話をするアジア系のお兄さん達を眺めつつ、パチンコ屋や飲み屋さんが入る雑居ビルが並ぶ通りを往けばすぐだ。

大家さんが経営する胡散臭いけど若い女子に大人気の雑貨屋の地下に、僕が借りている部屋があった。

日曜の朝、僕は少し遅れて食堂にやって来た。僕が住んでいるアパートでは、食堂で大家さんの手料理が食べられる。

その上、温泉なんかもある。なんて至れり尽くせりな良い住みかなんだろう。その大家さんと住民が、まともならば。

「カズハ君、おはようございます。ご飯にしますか、お風呂にしますか？　それとも、黒・魔・術？」

長い烏羽玉の黒髪に、白い割烹着が映える。これで美人であれば、朝から発せられた寒々しい冗談も清涼剤の一つになっただろう。いや、恐らく世間的には妖艶な美形なのだろうけど、僕の目の前にいる大家さんは男性だ。残念なことに、僕は妖艶な同性には癒されない。

更に言えば、本人曰く悪魔らしい。

「ご飯ですね……。朝風呂も悪くないんですけど、お腹すきましたし」

「ふむふむ。黒魔術をご所望ですね」

「僕の話を聞いてましたか、メフィストさん！」

この、人をからかってニヤニヤ笑っている大家さんの名前は、メフィストフェレスというらしい。ゲーテ著『ファウスト』に登場するトリックスターな悪魔の名前を名乗り、このヘンテコアパートを生み出した張本人でもある。

悪魔だけど、豊島区にはきっちりと納税しているらしい。豊島区は、あまりこの人を野放しにしないで欲しい。

食堂には、先に朝食をとっているアパートの住民が何人かいた。食堂はそれほど広くないし、胡散臭くもない。一見すると、ちょっとしたオフィスの休憩室くらいの平凡なたたずまいだ。

しかし、ここには窓一つない。何故なら、地下だからである。地下一階に食堂や温泉などの共同施設が集まっていて、居住フロアは地下二階以下になっている。

居住フロアが全て地下というだけで、なかなか斬新だ。

だが、それだけでは終わらない。このアパート『馬鐘荘』は、住民の業の深さによってフロアが増えるのだという。そのため、アパートに集められたのは何らかの業を抱えた人達だ。

と言っても、人は普通に生きているだけでも業を重ねてしまうので、よほどの聖人君子でない限りは、アパートの住民になる資格があるらしいが。

「おはよー。あっ、葛城だ。早いね」

食堂にひょっこりと顔を出したのは、ツインテールの美少女――ではなく、女装男子である。

名前は加賀美薫。僕と同い年だ。今日はミニスカートを穿いているようなので、悪戯な風が巻き起こって、いけない事故が発生しないように心から祈ろう。

「おや、カオルさん。おはようございます」と、メフィストさんが加賀美を笑顔で迎える。

すると、加賀美の腕に抱かれた鶏ほどのモフモフの物体が顔を上げ、「くるっくるぅ！」と高い声で鳴いた。

「タマも元気ですねぇ。また少し、大きくなったんじゃないですか？」

「恐竜の成長速度ってどんなもんなんだろうね。まあ、現実世界で生きてた恐竜とは、少し違うんだろうけど……」

　加賀美は、タマと呼ばれたモフモフの物体を膝に乗せて席に着く。

　何を隠そう、タマは恐竜だ。

　映画『ジュラシック・パーク』シリーズで有名な、小型獣脚類のヴェロキラプトルの子供である。

　このアパート、業の深さによって地下の階層が増えるだけではない。なんと、深さに応じた地質年代の環境を再現した異空間に通じているのだ。タマはそこからやって来て、すっかりマスコットキャラクターと化している。

「……うーん」

「葛城、どうしたの。頭なんか抱えて」

「いや、毎度ながら、このアパートは情報量が多過ぎるなと思って」

「ビックリ箱みたいなアパートだしね」

「福袋と言って頂きたいですねぇ」

　メフィストさんは腰に手を当てて、わざとらしくプリプリと怒ってみせる。

「メフィストさんは福袋に謝って下さい。それにこの情報量じゃあ、中身が福袋からはみ出して、寧ろ袋を申し訳程度に被ってるくらいの勢いですよ」

「豪華な福袋じゃないですか」

「袋の意味無いし！　中身が大き過ぎるし！」

無駄に爽やかな笑顔のメフィストさんに、僕は目を剝いてツッコミを入れてしまった。

　そんな食堂に、二つの人影が現れる。

「カズハ、朝からどうした。問題があるならば、俺が殲滅しよう」

「ロケットパンチの構えを解こうか、マキシマム君。問題は、穏便且つ、したたかに解決しないとね」

　背の高い硬派なイケメンと、温和な雰囲気のイケメンだ。前者がマキシで、後者がエクサという名前である。この二人はそれぞれ異なる世界線の未来からやって来たアンドロイドだった。

「したたかにって、力ずくで解決する気満々じゃないか……」

　僕は思わず、エクサにぼやいた。

「まあ、未解決になるのは嫌だからね。僕が関わる以上、是が非でも解決させて頂くよ」

エクサは、自分のこめかみをトントンと叩く。飽くまでも、頭脳で解決すると主張しているのだろうが――。

「頭突きで解決しないでくれよな……」

「失礼だね。そもそも、何があったんだい？」

「いや、いつも通りだよ。メフィストさんにツッコミを入れてただけ」

僕が溜息を吐くと、メフィストさんは「はいはい、犯人は私でーす」とお茶目な笑顔で手を振って主張した。

「ならば、メフィストを消せば解決するな」

マキシは拳を構える。ガチャッと金属質な音がした。メフィストさんは、慌てて机の下に潜り込む。

「ロ、ロケットパンチはやめてくださいよ！　あれは本当に痛いですしね！　せめて、優しくマッサージしてください！」

「せめての意味が分からないですよ」

拳を構えたままのマキシに代わって、僕は頭を振った。

すると、食堂の賑やかな声を掻き消さんばかりに、どすどすと地響きのような足音が近づいてきた。

「相変わらず騒がしいな！　飯をくれ！」

「出ましたね、ごく潰し！」

よく通る声と共に現れた、妙に健康的な北欧系イケメンに、メフィストさんは開口一番で罵声を浴びせる。

「はっはっは。ごく潰しというのは間違っていないな。今日も米びつを空にするまで食べるぞ！」

「きぃぃ！　開き直らないで下さい！　ドクトルに食わせる飯なんて、一杯だけですからね！」

メフィストさんは金切り声をあげながらも、ちゃんとご飯をよそう。

悪びれることなく笑っているこの人の名前は、ファウストさんだ。

メフィストさんと同じく、『ファウスト』に登場する人物と同じ名前なんだけど、同一人物とは思えないほどに、ハチャメチャだった。好奇心をエネルギーにして動く戦車のような人で、僕達を振り回すメフィストさんを振り回しまくっている。

だけど、博識な一面もあるし、頼りになる時もあり、何度か助けられたこともあった。

「ごく潰しだなんて。ファウストさんは、アパートの修繕もしてるじゃないですか」

「そのついでにアパートを勝手に改造したり、働き以上にご飯を召し上がったりしますからね」

「ああ、まあ、そうですね」

僕の擁護は、あっけなく論破された。

「メフィストは、俺の改造の何が気に喰わないんだろうな」

ファウストさんは、僕の隣の席に腰を下ろしながら、面の皮の厚いことを呟いた。

「改装じゃなくて、改造っていうのがいけないんじゃないですかね」

僕の言葉に、「そうそう」とメフィストさんは頷いた。

「タワーマンションのように改装してくれるなら、話は別ですが」

「うわっ、こっちも面の皮が厚い！」

僕は思わず引いてしまう。

「タワーマンションはいいなぁ。ぼくもいつか住みたいと思ってたし」

「メフィストさんの戯言に乗るの!?」

うっとりする加賀美に、目を剝いてしまう。

「タワーマンションとは、高さが六〇メートル超、もしくは、階数が二〇階超の住居用建築物を指すようだ。馬鐘荘は地下二〇階超なので、タワーマンションと言えるかもしれない」

マキシは冷静に分析する。

「えっ。それじゃあ、ぼくは既に、池袋のタワーマンション住まいってこと……!?」

加賀美は目を輝かせた。膝の上のタマは、「くるぅ?」とつぶらな瞳で首を傾げている。

「高さの基準は、地上六〇メートルなのか、地上地下問わないのかが気になるところだね。場合によっては、両方満たしているかもしれないし」

エクサもまた、マキシの言葉に頷いた。

「ふむ。高級感を出せばいいのか」とファウストさんが納得する。

「メフィストはロマンチストなところもあるからな。先ずは手始めに、地上階にある雑貨屋をノイシュバンシュタイン城風にするか」

「気軽に豊島区にシンデレラ城みたいな建築物を作らないで下さいね!?」と僕は目を剝く。

ノイシュバンシュタイン城とは、バイエルン州の王様だったルートヴィヒ二世が建てたメルヘンチックなお城だ。完全に王様の趣味で建ててしまったため、当時は非難を浴びたようだけど、今となっては貴重な観光資源らしい。シンデレラ城のモデルになっているとも言われているとか。

「インスタ映えがしますし、雑貨屋にはお客さんが沢山来そうですねぇ」

「メフィストさんも、乗らないで下さい！」

「ノイシュバンシュタイン城って、ドイツのロマンチック街道のお城でしょ？　可愛いぼくにピッタリだよね」

加賀美もまた、ノリノリだ。

「繁華街にそんな建物がいきなりあったら、ラブホテルだと思われるんじゃあ……」

「うーん。ラブホテルに出入りしてるとスキャンダルになるから、やっぱりパス」

モデルの仕事をしている加賀美は、あっさりと手のひらを返した。

「私としても、いかがわしいことをしたいアベックに来られても困りますからね」

メフィストさんは、令和の世の中になったのに昭和の響きがする言葉を使いつつ、手のひらを返した。

「まあ、俺としても、観光地を作りたいわけじゃないしな」

ファウストさんも頷く。

「変形して巨大ロボットになる程度のことはさせたいものだ。都庁のように」

「都庁にそんな機能はないですからね⁉」

「では、東京ビッグサイトのように」

「ビッグサイトにもないです！」

「変形しないのか……！」

ファウストさんは、些かショックを受けたようだ。

「まあ、変形しそうなくらい不思議な形をしてますけど」

「いつの間にか馬鐘荘が変形するようになっていたら、ドクトルは百年ほどご飯抜きですからね」

「それは困る！」

ファウストさんは、目を剥かんばかりに嘆いた。

彼は既に亡くなっている人で、天国に行ったにもかかわらず、メフィストさんが楽しそうなことをしているということで地上に舞い戻ってしまったのだという。死人であり、幽霊とかおばけとかその類に近いのだけど、汗はかくしトイレにはいくし、ご飯をモリモリ食べていた。

「本当に、トンデモアパートだよなぁ……」

住んでいる僕も、その中に含まれているのかもしれない。と言っても、僕はみんなほどの個性はないけれど。

「そう言えば、葛城。最近は、どんなゲームにハマってるの？」

いただきます、と手を合わせてから、加賀美は箸でごはんをつまみつつ、僕に尋ねる。

「おっ、よく聞いてくれたな。やっぱり、コンシューマーゲームがサイコーってことに気付いてさ。貯金をはたいてハードを買ったわけ」

「へー」

「取り敢えず、オンラインマルチプレイの一年利用権を買ってオンラインゲームを始めたんだけど、いやー、やっぱりオープンワールドのオンラインゲームで駆け回るのはいいね。昼と夜がちゃんとあって、天候も常時変わるんだけどさ。さっきまで青空だったのに、雨雲が遠くから来て雨になるっていうリアリティに没入感マシマシでさ。しかも、自分好みの家が作れて、その世界で生活が出来るっていうやつなんだ。ヴァーチャルで第二の人生を歩んでるっていうか――」

「うわっ、またゲーム廃人になってるじゃん。最近、部屋にいることが多いなって思ってたら、そういうことだったんだ……」

今度は、加賀美が引く番だった。解せない。

今まで黙って話を聞いていたマキシは、真っ直ぐ僕のことを見てこう言った。

「カズハ。オンラインゲームを開始して十四日、お前の運動量は圧倒的に不足している。よって、ウォーキングを推奨する」

「大丈夫、大丈夫。オンラインで歩き回ってるから」

「やっば。もう、戻って来られないところまで行ってるじゃん」

加賀美は顔を青ざめさせる。そのやりとりに、エクサが苦笑した。

「現実世界で歩き回らなくては意味が無いからね。この後、僕達と散歩でもしようか？」

「いや、この後はオンラインのフレンドと約束があるんだ。攻略したいダンジョンがあってさ。敵が強いから、火力の高い武器を持ってる僕が行かないと……」

「……エアロバイクでもやりながらゲームをやったら？」

エクサは笑顔のままだったけれど、口調は絶対零度だった。

「ダメだ。身体を揺らしながらやると、銃の照準がずれちゃうだろ。ノーコンっぷりをフレンドに見せるわけにはいかない……！」

「意外と見栄っ張りなんだね……」

エクサの顔からは、微笑みすら消えていた。

マキシが言っている運動不足は、僕も自覚していた。

通っている大学は近いし、都心の駅前ということで買い物にはまず困らないし、そもそも、一分でも多くゲームに触れてレベル上げをしたかったので、引きこもりがちになっていた。

散歩の誘いは嬉しかった。脱運動不足のいいきっかけになりそうだった。

しかし、僕はゲームがしたかった。

目の前にある味噌汁の表面が揺れている。僕は動揺のあまり震えているというのか。

それとも、これは——。

「原因不明の振動を検知した」

マキシが咄嗟に顔を上げる。エクサもまた、「何かに掴まって！」と声を張り上げた。

僕達は思わず、朝食のテーブルにしがみつく。次の瞬間、アパート全体を揺るがさんばかりの揺れが、僕達を襲った。

「な、なんだ……!?」

ずずんっという嫌な音だ。振動はそのひと揺れだけだったけれど、直後にやって来た静けさが、なんとも不気味な雰囲気を醸し出していた。

「今のは、一体……」

ファウストさんは、ご飯がこんもりとのったお茶碗を抱き締めながら、真顔で顔を上げる。

「最下層から、ですね。何だか、妙な感じがします……」

乱れた髪を掻き上げながら、メフィストさんは苦々しい顔をした。

「少々、見て来ましょう。朝食はセルフサービスです」

メフィストさんは、厨房を顎で指しながら割烹着を脱ぐ。

「よし、俺も行こう！　何が起こったか気になるからな！」

ご飯を口に掻き込みながら、ファウストさんは目を輝かせる。

「ドクトルは是非に。私がいない間に、みなさんの分の朝食を食べ尽くされてはかないませんからね」

メフィストさんはしかめっ面でファウストさんに応じた。

「ならば、俺も行こう」とマキシが立ち上がる。

「それじゃあ、僕は残るよ。万が一に備えてね」とエクサは頷いた。

「何事も無ければいいんだけどな。気を付けてくれよ」

僕は、マキシ達を見送ろうとする。しかし、メフィストさんは僕の首根っこをひょいと掴んだ。

「えっ？」

「何言ってるんですか。カズハ君も来るんですよ」

「いや、なんで。戦力にならないじゃないですか！」

「ご謙遜を。今まで、数々の困難に打ち勝って来たではないですか。その悪運があれば、御守りになるかと思いましてね」

「御守り扱い！」

メフィストさんは、有無を言わせぬ笑顔だ。首根っこを摑んだ手は、どんなに暴れても微動だにしない。

「気を付けてね。まあ、メンバー的に大丈夫だろうけど」

加賀美は完全に部外者の顔で、僕を見送る。タマもまた、元気いっぱいに尻尾を揺らしながら、「くるっくるっ！」と前脚で器用に手を振ってくれた。

「でも、オンラインのフレンドとの約束が……」

僕はずるずると引きずられながら、食堂を後にする。僕の声を聞こうとする者はいない。

フレンドには、アパートの壁をネズミが齧って騒動になったから行けなかったと言い訳をしようと思ったのであった。

薄暗い階段を、メフィストさんが手持ちのランプで照らしながら下っていく。

僕達の影が土壁に映り、異形のシルエットをゆらゆらさせていた。ひんやりとした空気が、地下から込み上げて来るような気がする。

「毎回思うけど、だいぶ深くなったよなぁ。もう、転がって下りたいレベルだよ」

僕がぼやくと、前を歩いていたファウストさんが手を叩いた。

「それなら、エレベーターを作ってもいいかもしれないな」

「えっ、エレベーター？」

何それ、最高じゃないですか。と言おうとしたものの、相手がファウストさんだった。どんなエレベーターを作られるか分かったものではない。

「エレベーターは良いんですけどね。一般的なものにして頂きたいですね。無駄なオプションがないやつ」

メフィストさんもまた同じことを思ったのか、ファウストさんに釘を刺す。すると、ファウストさんは胸を張ってこう言った。

「メフィスト、世の中に無駄なものなどないんだぞ」

「はぁぁぁ？　尤もらしい顔して、そんなことを言っても駄目ですよ！　私は誤魔化されませんからね。どうせまた、緊急時にはロケット噴射して離脱し、空を飛ぶエレベーターなんて作ろうという魂胆でしょうし」

「緊急時じゃなくても、ロケット噴射させようと思ったな」

「それはもう、エレベーターじゃないですから！　そのまま天の国までお帰り下さい！　ハウス！」

声を荒らげるメフィストさんだが、ファウストさんはその肩を優しく叩いた。

「俺の家はここだ。好奇心と探究心が刺激され、お前が作る料理がある場所が、俺の居場所だ」

「良い話っぽくしてまとめようとしても駄目ですからね！」

メフィストさんは容赦なく、ファウストさんの手を払いのける。

「すっかり夫婦漫才って感じだな……」

げっそりしながら眺める僕を、メフィストさんの視線が射貫く。

「誰が夫婦ですか！」

「喧嘩をするほど仲がいいという言葉もあるな」とマキシが頷いた。

「マキシマム君も、碌でもない反応をするようになりましたね……。うちに来たばかりの時は、素直な子だったのに」

メフィストさんは泣き真似をする。

「殺されかけてたじゃないですか、メフィストさんは……」

「ちっ、そうでしたね」

僕がツッコミを入れると、メフィストさんは露骨な舌打ちをした。

そんなやりとりをしているうちに、だいぶ深いフロアまでやって来た。それぞれの階層に部屋はあるものの、入居者がいるのは地上から近い場所だけだ。

地中深くまで潜るにつれて、空気が重くなっていく気がする。しんと静まり返った空間は、耳が痛くなるほどだ。

「今は中生代白亜紀か」

マキシは、土壁をなぞりながら呟いた。よく見ると、アンモナイトと思しき化石が埋まっている。

「最下層はどの時代と繋がっているんですかね」

僕の問いに、メフィストさんは「さあ」と答えた。

「地上からあまりにも離れ過ぎると、感知し難くなりましてね。それに加えて、最近は忙しくて、最下層まで見回りに行けてなかったんです」

「それじゃあ、何が出るか本当に分からないのか……」

僕は息を呑む。マンモスに追いかけられたり、恐竜に襲われそうになったりしたことはあるけれど、それ以上の何かに遭遇するかもしれない。

「私が作ったアパートなのに、把握出来ていないのは情けないですね」

メフィストさんは項垂れる。小さくなった背中を、ファウストさんはぽんぽんと撫でた。

「時には息抜きも必要だぞ。雑貨屋と家事を休んだらどうだ」

「原因は、主に貴方なんですがね……」

メフィストさんの殺気が、静かに膨れ上がる。

「何が出るか分からないというカズハの意見には同意する。地下は、概念の影響力が強い異世界とも言える。基本的には、この時代の人々の概念を元にして構成された存在が現れるとされているが、歪みが生じる可能性もあるからな」

マキシは冷静に分析した。

「アパートが人の心によって掘り進んでいるのと同じで、現れるものは基本的に人の心から生まれたものですからね……」とメフィストさんも頷く。

「ルーツを辿った深層にあるもの、俺も気になるところだな」

ファウストさんは、好奇心でうずうずしていた。

大地は常に動いているので、現代以前の地層が、綺麗にミルフィーユ状になっていることは稀有だ。現実世界——いや、物質世界の池袋の地下はこんなに分かり易い地層ではないらしい。概念——いわゆる人の心から生まれた世界だからこそ、地層が教科書のように整っていたり、池袋では発見されることがない生き物と遭遇したりするということを、メフィストさんは説明してくれた。

「タマも、新説が唱えられたら姿が変化するかもしれないってことか……」

羽毛に包まれたモフモフのヴェロキラプトルを思い出す。

あれは、恐竜に羽毛が生えていたという説が定着してきたからこその姿なんだろう。人類すべてが『ジュラシック・パーク』信者だとしたら、鱗に覆われた冷酷なハンターになっていたかもしれない。『ジュラシック・ワールド』信者ならば、聡明なヒロインになっていたかもしれないけれど、タマはオスだった。

「まあ、地下に行けば行くほど、計り知れないものがあるかもしれませんがね」

メフィストさんは階段を下りながら、ぽつりと言った。

「どういうことですか？」

「地下には地獄や根の国があるとされていますし、マキシマム君が言うように、異界オブ異界ですからね。人の心の表層だけ見ていては予想出来ないものに遭遇するかもしれません」

「そうか。ルシファーに会えるかもしれないしな。手土産に東京ばな奈でも持って来ればよかった」

ファウストさんは、魔王に差し入れをする気満々だった。

「あの方がいる場所は氷漬けのコキュートスですからね。滅茶苦茶寒いので、私は帰ってコタツにでも入りたいところです」

メフィストさんは、しかめっ面でそう言った。

確かに、何が現れてもおかしくない。そもそも、未来から来たアンドロイドが二体いて、悪魔も伝説の錬金術師もいるし、魔法少女や宇宙人と遭遇することは充分に有り得た。

「おや……？」

先行していたメフィストさんが立ち止まる。ファウストさんは「む……？」と眉をひそめ、マキシは無言で目を凝らし、僕は一歩下がった。

下層へと向かう階段の途中が、途絶えていた。

正確には、階段の途中が横穴と交わっていた。先程の振動は、この穴と交わった時のものだろうか。

「何の穴です……？」

メフィストさんは横穴へと降り立ち、ランタンを掲げる。

「掘削の痕跡が見られる。メフィストのような魔法ではなく、物理的に掘り進んだものだ」

マキシは横穴の壁に触れつつ、素早く分析した。

「ふむ。どなたかの道と交わったということでしょうかね」

「でも、相当な地下ですよ。誰がこんなの掘ったたっていうんです」

腕を組んで考え込むメフィストさんに、僕は尋ねる。

「それを、今から解き明かそう！　みんな、ついてくるんだ！」

ファウストさんは、いつの間にか横穴の先へと進み、僕達に向かって手を振った。

「ああっ！　ドクトルはまた、先走って……！」

「ファウスト、待て」

マキシが鋭く制止する。

そうだ、マキシ。ファウスーさんが暴走しないよう、先に釘を刺すんだ。

マキシはファウストさんのメンテナンスを受けているし、一緒にいる時間は長い。

ファウストさんもマキシを信頼しているだろうし、意外と、メフィストさんの言葉よりも効果があるかもしれない。

だが、マキシはファウストさんがいる方向とは反対側を指さした。

「掘削の状況からして、横穴を掘った者の進行方向はこちらだ」

「成程。流石はマキシマム君！」

ファウストさんは、サムズアップをして方向転換をする。

「マキシ、止めないの!?」

僕は思わず叫んでしまった。

「調査をする必要がある。掘削は意図的なものだ。何らかの存在が関わっているのは確かだろう。その存在が害意の無いものならば良し。害意のあるものならば、アパートの階段の封鎖や、対象の殲滅を行わなくてはいけない」

「封鎖に、殲滅……」

　物騒な話になってきた。超一般人の僕は、今すぐに階段を駆け上がってオンラインのフレンドのもとへと向かいたくなる。

「そうですねぇ。私も、穴掘りをする知り合いはいませんし、気になるところです。私のアパートの安全性も確保しないといけませんしね」

　メフィストさんは行く気満々だ。

「あの……、戦力的に僕は必要無いと思うので……」

　僕は小さく挙手をしながら、後ずさりをするように階段を上ろうとする。だが、メフィストさんが僕の腕を掴んだ。

「カズハ君は大切な御守りですからね。離しませんよぉ」

「ヒエッ！　御守りならば全力で守って下さい！」

「それは、カズハ君自身でやって頂かなくては。人間、成長は必要ですからねぇ」

「必要以上の成長だと思うんです！」

　地下に潜む謎の存在と相対するなんて、地上を活動拠点とする一般人には不要なことだ。

「安心しろ、カズハ君。きっと面白いことが待ってるぞ！」

既に、かなり奥まで進んでいるファウストさんは、声を張り上げながら余計な激励をくれた。

「安心の根拠がないですし、僕は安全に面白いことを探したいです！」

「ならば、俺がその根拠になろう」

マキシの真っ直ぐな瞳が僕を捉える。つまり、マキシが守ってくれるということか。頼もしさのあまり、ストレートにキュンとしてしまった。

「マキシ……」

「よし、話はまとまりましたね。地底探検に出発しましょう」

いつの間にか僕の背後に回っていたメフィストさんは、僕とマキシの背中をぐいぐいと押す。

「上手く乗せられた気がする……！」

正確には、メフィストさんがマキシに上手く便乗した形となった。

好奇心の塊で、頼んでもいないのに先に進んでしまうファウストさんと、感知力が高いマキシが先行し、その後ろを僕が行く。というか、メフィストさんは僕が逃げないように背後をガードしているので、自然と僕が真ん中になった。

横穴の幅はそれなりに広く、大人が三人並んでも通れるほどだ。しかし、高さは、長身のマキシがジャンプしたら、頭をぶつけてしまいそうなくらいだった。

「一体、何がこんな横穴を掘ったんだろう」

「手掘りではない。ツルハシやスコップのような道具を使ったものと思われる」

マキシは辺りをつぶさに観察しながら、僕の疑問にヒントをくれた。

「ということは、動物ではなさそうですね。道具を作り、道具を使う技術を持っている方ということでしょうか」

「ふむふむ。ますます好奇心が湧いてくるな。もしかしたら、地底人の仕業かもしれない」

「地底人？」

メフィストさんは、ファウストさんの説に苦笑する。

「その可能性も捨てきれないだろう？」

「まあ、可能性は無きにしも非ずですがね。しかし、そんな文明を持つ地底人がいるならば、今まで会わなかったことが不思議です。それに、彼らが実在するのなら、東京メトロと都営地下鉄に苦情を寄せているんじゃないですかね」

都心の地下鉄は複雑な上に路線が多く、隙間がないんじゃないかと思うほどに入り乱れていた。

最早、地上を拠点にしている人間が地下に侵食している状態だ。僕が地底人ならば、住処を奪わないでくれと直談判しているかもしれない。

「だけど、馬鐘荘の地下は概念の世界ですよね。異世界だから、地底人がいてもおかしくないかも……」

「カズハ君まで、そんなことを言うんですか。貴方ならばツッコミを入れてくれると期待していたのに」

「そんな期待をしないで下さい……」

露骨に溜息を吐くメフィストさんに、僕はガックリと項垂れた。

「いいぞ、カズハ君。メフィストに言ってやれ。常にあらゆる可能性を考えるべきだと」

「えっ、ファウストさん側につくとなると、前言撤回をしたいような……」

だけど、地底人だなんて、なんて現実離れしていて、なんて面白そうな響きだろう。

一体、どんな人達なのか、どんな文化を持っているのかが気になる。

地中に住むくらいだし、色素はかなり薄いのかもしれない。そんな儚い美少女が目の前に現れたら、守ってあげたくなるし恋に落ちるかもしれない。

「カズハ君、締まりのない顔して何を妄想しているんですか」

僕の顔を覗き込んだのは、しかめっ面のメフィストさんだった。

「あっ、すいません。地底に住む美少女との恋も悪くないなって……」

「ほほぅ、青春ですねぇ」

メフィストさんは、微笑ましいものを見る目をこちらに向ける。

「それじゃあ、カオルさんには浮気をしていたことをご報告しますね」

「まだ恋に落ちてないですし！　加賀美とはそういう仲じゃないですし！」

思わず目を剝きながら、僕は叫んでしまう。

「冗談ですよ。しかし、もし地底を活動拠点にしているなら、目なんか退化しているかもしれませんねぇ」

「地中で生活する生物の一例として、ハダカデバネズミが挙げられる。彼らは目が小さく、他者との接触を感じ取れる程度の体毛しか生えていない」

前進しながら、マキシはさらりと衝撃的な動物名を口にした。

「裸……出歯って……。凄い名前だな……」

「おや、裸はお好きなのでは？」とメフィストさんは目を丸くする。

「いやいや！　誤解を招くようなことを言わないで下さいよ！　ま、まあ、一般的な男子大学生程度には好きですけど」

「お好きなんじゃないですか。良かったですねぇ」

「ハダカデバネズミ系女子確定!?　女の子には普通に服を着て欲しいですから！」

最早、自分で何を言っているか分からなくなって来た。酸素が薄いのか、叫んだだけで頭がくらくらする。

「う……。地下だからなのか、ムシムシする……」

「地下水が染み出している。足元に気を付けろ」

マキシが言うように、地下水と思しき水たまりがあちらこちらにあった。歩く度に泥が跳ねるので、長靴で来なかったことを後悔する。

「ヘッドランプを持って来ればよかったな」

ファウストさんはぼやいた。確かに、穴の中は暗かった。メフィストさんが手にしたランタンが辺りをぼんやりと照らすけれど、数メートル先がどうなっているかすら分からない。

そんな中、「待て」とマキシが僕達を制止した。

「物音が聞こえる」

全員が息を呑むのを感じる。僕は、腹をくくるしかないと思った。

万が一、危険な相手だったら、みんなの足を引っ張らないように隠れよう。もし、美少女だったら出来るだけイケメンな顔を作らなくては。ハダカデバネズミ系女子だったら、先ずは服を着て貰おう。

マキシ達は足音を忍ばせる。メフィストさんの明かりが数メートル先を照らした瞬間、それはいた。

「あっ！」

背を丸めたような人影だ。頭からすっぽりとフードを被り、ローブのようなものを身にまとっている。くぐもったような叫び声が、洞窟の中に響いた。

「おい、君は――」

一番先に声を掛けたのは、ファウストさんだった。一体何者だと、問おうとしたのだろうか。

だが、次の瞬間、人影はファウストさんを押しのけて、一直線に僕へと向かってきた。

「ええっ！」

咄嗟に、身構えたマキシが僕の前に飛び出そうとしたのが見えた。

だけど、人影は僕になんて目もくれず、すぐ脇を通り過ぎてしまう。

「ちょ、ちょっと！」

追いかけようとしたが、あまりにも素早い。メフィストさんの脇もすり抜けて、僕達が元来た道を走って行った。

「まずい。アパートの方じゃないですか！」

メフィストさんが人影を追う。僕達もまた、それに倣った。

「い、今の……」

走りながら、僕の身体は、驚きのあまり小刻みに震えていた。その様子を見たファウストさんは、僕が言わんとしていることを理解してくれたらしく、無言で頷いた。

「先の発声、人間のものではない」

マキシが、冷静に分析する。

そう。僕らが聞いた人影のものと思しき声は、獣のようでありながらも、どの獣とも違ったものだった。

「フードの下が一瞬だけ見えましたが、人間の骨格ではありませんね」

メフィストさんもまた、目つきを鋭くしながら逃げる人影の背中を追っていた。

「それって、ハダカデバネズミ……なのか」

息を呑む僕に、「いえいえ」とメフィストさんは首を横に振った。

「服は着ていましたね」

「あ、確かに。少なくとも、裸じゃないってことか……」

一先ずは安心する。

だが、悠長に追いかけている場合ではない。謎の人影の足は意外と速く、あっという間に背中が洞窟の闇の中に溶け込んでしまった。

「急ごう」

僕達は足早に、謎の人物の影を探した。

すぐに、アパートの階段の、ぼんやりとした明かりが見える。だが、謎の人物は見当たらなかった。

「階段を上った形跡はないな」

マキシは、階段に土や泥が跳ねていないことを確認する。

「それじゃあ、この先に……？」

僕達が向かっていたのとは反対方向、即ち、最初にファウストさんが向かおうとした方を見やる。

点々と続く足跡のようなものを確認し、僕達は腹をくくって頷き合った。

「この先に、何があるんだろう」

「先程の人物の住処があるのかもしれない」

僕の疑問に、ファウストさんが目を輝かせながら答えた。

「あの人、何だと思います？」

「地底人だな」

ファウストさんは、確信に満ちた様子で頷いた。

「独自の進化を遂げた生命体と考えて間違いはない。加えて、服を着ていたり、穴を掘る道具を作成し、使用する技術があったりすることから、一定以上の文明が存在していてもおかしくはないだろう」

マキシは地面を見つめて足跡を追いながら、淡々と答えた。

地底人。

まさかその響きが、現実味を帯びようとは。マキシもファウストさんもメフィストさんも、臆さぬ様子で先に進むけれど、平気なんだろうか。

そう思ったものの、冷静になってみれば、マキシは未来から来たアンドロイドだし、ファウストさんは死人だし、メフィストさんは悪魔だった。

「まあ、危険じゃなければいいや……」

それも、マキシが守ってくれるというので、それほど気にしなかった。

暗く長い道がひたすら続く。

時にはぬかるみに足を取られ、時にはゴツゴツした岩の道をよろけながら進んだ。

迷路のような脇道もあったが、マキシが足跡を見つけてくれたお陰で、正しい道を進むことが出来た。

「この道、何処まで続くんだろう……」

随分と長いこと、潜っている気がする。

空が見えないので、今が昼なのか、夜なのかがサッパリ分からない。携帯端末で時刻を確認すると、既にお昼を過ぎていた。

「どうりでお腹が空くわけだ……」

僕のお腹はグーグー鳴っている。ファウストさんは、「おっと、そんな時間か」と平然としていた。この人の生理現象事情は、イマイチ分からない。

「ああ、何てこと！　店もアパートも放り出して来てしまいました」

メフィストさんは頭を抱える。

「探索を中止するか？」とマキシが尋ねるが、メフィストさんは頭を抱えたまま首を横に振った。

「いいえ、ここまで来て引き返すのも気持ちが悪いですし。それに、今更戻ったところで、もう遅いですからね……」

片道で数時間経過しているので、アパートに戻るのにも同じ時間が掛かる。そう考えると、昼食の時間にはまず間に合わないし、下手すると夕飯の買い出しも危うい。

しばしの沈黙の後、「エクサに代行を依頼した」とマキシは言った。

「えっ、まさか」

「エクサと通信で連絡を取った。住民のための昼食を用意し、店には臨時休業と書かれた紙を貼るそうだ」

「ああ、マキシママム君！　貴方は大旦那様より慈悲深い！」

暗に神様以上だと賞賛しつつ、メフィストさんはマキシに飛びつこうとする。しかし、マキシはさらりとそれをかわした。「ぎゃっ」という悲鳴と共に、メフィストさんは岩壁に衝突する。

「くっ、私のハグを受け入れないなんて、ロクデナシ二号ですね……！」

メフィストさんは顔面を押さえながら、呻き声をあげる。

だが、マキシは「しっ」と人差し指を唇に添えた。

「近い」

「あの地底人が？」

「いや、それどころではない」

「それどころではない？」

一瞬、マキシが何を言っているのか分からなかった。

だけど、マキシの後に続くこと数メートル。その意味が、ようやく分かった。

前方がぼんやりと明るい。外に出るのかと思うものの、直ぐに違うと察した。空気の動きが、ほとんどなかったからだ。

耳を澄ませば、音が聞こえる。それは、足音であったりガヤガヤした話し声であったり、扉を開け閉めする音だったりしていた。

「生活音……。もしかして、この先に——」

メフィストさんが皆まで言わなくても、全員が察しただろう。

地底人の住処がそこにある。

お互いに頷き合うと、最早、言葉はいらなかった。マキシの先導に従い、僕達は光の方へと進む。

生活音は大きくなり、光もまた眩しくなる。目がくらまないようにと細目で慣らしながら、僕達は光の下へと躍り出た。

「わぁ……っ」

僕達の眼下には、街が広がっていた。

岩壁が街の周囲を覆い、ぼんやりと明るい天井が遥か頭上にある。ずらりと並ぶ高さの違う建物達は、岩を削って作られているようだった。

広さは、東京ドームくらいだろうか。僕達がいる場所は、街のはずれの高台だった。

先ほどまでいた洞窟の入り口を隠すように、石材が幾つか積み上げられている。いや、石材は分厚い土埃を被っているので、積み上げられた石材に隠れるように穴を掘ったのだろうか。

いずれにせよ、想像を遥かに超えたものが、そこにあった。

「すごい……。地下にこんなところがあったなんて」

僕は目を瞬かせる。夢かと思って両目を擦ってみるけれど、目の前の地底都市が消えることはなかった。

「概念と物質、どちらに依存しているのか。場合によっては、世紀の大発見だぞ」

ファウストさんは鼻息を荒くする。一方、メフィストさんは、難しい顔をして考え込んだ。

「タマのように、人の想いから生まれたものか……。それとも、カズハ君達のように物質世界に依存している存在か。もしくは、マキシマム君達のように、可能性から生まれた存在か。一体どれでしょうね」

「可能性から生まれた存在？」

マキシマも含めて、不思議そうな顔をする。

「マキシマム君やエクサ君にとって、ご自身は物質世界に依存している存在ですが、この時代にとってのお二人は、可能性の存在というわけです。未来に存在するかもしれないという」

「存在が確定していないから、ってこと？」

僕の質問に、「そうですね」とメフィストさんは頷いた。

「パラドックスによって、この先の未来に存在しないかもしれない。……というか、マキシマム君がやって来たそもそもの原因が排除されたので、マキシマム君が存在する世界線と、この世界線は別のものになってしまいましたし」

マキシは、悲劇的な未来を回避するために、現代の馬鐘荘にやって来た。そこで、悲劇の原因と思しきものを取り除いたがゆえに、悲劇的な未来によって生まれたマキシは、生まれないことになってしまった。

だけど、マキシはここに存在している。その矛盾は、悲劇的な未来が発生した世界線と、悲劇的な未来が発生しなかった世界線に分かれることで、解消されるということらしい。

「この地底世界は、『もしかしたら』から生まれたものかもしれない、ってことですか？」

「可能性はありますね。まあ、可能性に過ぎないので、先ずは調べてみましょうか」

「メフィストにしては、好奇心旺盛だな！」

ファウストさんは嬉しそうに破顔する。だけど、メフィストさんは思いっきり舌打ちをした。

「別に、好奇心で動いているわけじゃありません。アパートにとって脅威ではないか確認したかったんですよ。今、アパートとあの洞窟が繋がってしまっていますし」

その所為で、アパートの深度を掘り下げることが出来ないのだということを、メフィストさんはぼやいた。メフィストさんの目的はともかく、地底人がどんな人達かは調べた方が良いだろう。

「三人とも」

眼下を見つめていたマキシは、すっと街の一角を指さした。僕は思わず、「あっ」と声を漏らしそうになる。

そこには、背中を丸めたような人影が数人、蠢いていた。先程の人物と同じようなシルエットだ。耳を澄ませてみるけれど、少し遠いせいで会話は聞こえない。

「ふむ、ここからではよく見えないな。行ってみるか」

　高台から身を乗り出さんばかりにしていたファウストさんは、街へと降りられる場所を探す。僕も悲しげな音を鳴らすお腹をさすって宥めながら、ファウストさんに従った。

　高台は切り立った崖のようになっていて、下まで飛び降りたらファウストさんがいた天の国に逝けそうだ。天の国ならば良いけれど、地獄のコキュートス逝きになったらまずい。魔王へのお土産は、西武や東武で買ったお菓子で大丈夫だろうか。

「いや、死ぬ気はないし……」

　資材があるということは、階段やらエレベーターがあるはずだと信じて探す。

　そんな僕の、肩を叩く者がいた。マキシの手のひらの独特な硬さと重さではないので、メフィストさんかファウストさんだろうか。

「こっちは探しておくんで、任せて下さい」

　真面目に探しているというアピールをしてみる。だけど、再度肩を叩かれてしまった。

「まあ、地底人の住処に降りるのはおっかないですけど、僕だって、どんな人達か気になりますし」

　携帯端末で写真が撮れるだろうか。加賀美はビックリするだろうか。エクサはまあ、マキシと同期をしそうだから、携帯端末の画像よりもリアルな情報を得られそうだ。

　そして、撮った画像を現実世界の地上で発表したらどうなるだろう。

　動画を動画投稿サイトに上げたら、一躍有名人になってしまうのではないだろうか。動画再生数がえげつない多さになり、広告収入はガッポガポだ。そしたら、ネットゲームに課金も出来る。

　僕が妄想をしていると、また、肩を叩かれる。

「ああ、すいません。妄想してないで、真面目に探せばいいんでしょ。っていうか、僕に構ってないで自分も探して下さ――」

　振り向いた僕は、絶句した。そこにいたのは、メフィストさんでもファウストさんでもなかった。

　蹲るように丸まった身体の、僕達とは明らかに異なる骨格の人間がそこにいた。

　いや、人間なんだろうか。鼻先が妙に突き出ており、そこにフサフサした体毛が生えている。両手は異様に発達していて、人間よりも遥かに大きな掌がそこにあった。

ピンタをされたら頬どころか顔半分が腫れそうだ。

似ている動物を敢えて挙げると、モグラだろうか。相手の目は小さくてつぶらだが、可愛いとは思えない。

何故なら、その瞳に明らかな敵意が宿っていたからだ。

彼は、しきりに発達した鼻をひくつかせていた。まるで、異質な僕が何者かを、見定めるように。

「は、はろー……」

とっさに英語で挨拶をする。錯乱したわけではない。日本語が通じそうな気がしなかったからだ。

だが、目の前のモグラ人間は、口の中でもごもごした声のようなものを発するだけで、返事はなかった。

「あ、あの、地底人さんでしょうか……」

出来るだけ友好的な笑顔を作ってみせる。だけど、返事はない。その代わりに、じりっと距離を詰められた。

「僕、ち、地上からやって来ました。いやまあ、住んでるのは地下なんですけど。あ、でも、そういう意味では僕も地底人っていうか……」

今度は、身振り手振りも入れてみる。しかし、ジェスチャーを返してはくれない。

その代わりに、彼の背後から何人かの別の地底人がやって来た。

「地底人は仲間を呼んだ!?」

思わず声が裏返る。

モグラ人間達の背後をよく見れば、岩肌に隠れるようにしてエレベーターの入り口と思しきものがあるではないか。そこから、彼らはやって来たのだ。

「やばいやばい！　マキシ、メフィストさん、ファウストさぁーん！」

僕は悲鳴をあげる。その瞬間、モグラ人間達は唸り声を上げると、一斉に僕に襲い掛かって来た。

「ぎゃー！」

僕の悲鳴が地底に反響する。

その瞬間、僕に一番近いモグラ人間が吹っ飛んだ。

丸みを帯びた身体がゴロゴロと転がり、モグラ人間は悶絶する。これは、マキシのロケットパンチか。

「カズハ、無事か」

「マキシ……！」

マキシがいつも以上にカッコよく見える。まるで、騎士か王子様だ。それじゃあ、僕は姫なんだろうか。そんな馬鹿な。

「おお、地底人ではないか！　こんなに近くにいると、インターネットでライブ中継したくなるな！」

高名な錬金術師であるはずのファウストさんは、僕と似たような発想をしつつ、目を輝かせながら駆け寄る。

「大丈夫ですか、カズハ君。貴方がどうにかなったら、私の家賃収入が減りますからねぇ」

メフィストさんは、余計な一言を言いながら、モグラ人間達を挟むような位置にやって来た。

地上人に囲まれたモグラ人間達は、動揺するような声をあげる。

「よし、形勢逆転だ。出来れば穏便に話し合いで解決……」

出来たら良いな、と言おうとした矢先に、モグラ人間達は頷き合う。そして、一斉に背後から掘削用と思しきツルハシを取り出し、構えたではないか。

「えっ、まさか……」

「おや、やる気満々のようですねぇ」

メフィストさんと僕は一歩下がり、ファウストさんは子供のように好奇心に満ちた顔でモグラ人間の様子を眺め、マキシが僕達を守るように前に出た。

相手は武器を持っている。だけど、こっちにはマキシという大きな戦闘力がある。負ける気はしなかったけれど、お互いに無事でいられる気はしなかった。

「くそっ……！　戦いたいわけじゃないのに……！」

僕達が傷つくのは勿論嫌だけど、モグラ人間達がどうにかなるのも気の毒だ。

マキシのロケットパンチを喰らったモグラ人間は、頬を押さえながらフラフラと立ち上がる。マキシが本気を出したら、頭蓋骨ごと粉砕してしまうだろうし、立ち上がれるような状態ではないだろう。マキシもちゃんと、手加減をしていた。不用意に傷つけたくないのは同じだった。

殺気立ったモグラ人間と、僕達を守ろうとしてくれているマキシ。一触即発だと思った、その時だった。

エレベーターと思しきものの扉が開くと同時に、もう一人のモグラ人間がやって来た。増援かと思ったけれど、どうも様子がおかしい。

「あれは、あの時の……！」

僕達が追いかけていたモグラ人間だった。ローブのような服を身にまとい、他のモグラ人間よりも少し高い声で、モグラ人間達に何かを訴えている。

「どうやら、仲裁をしてくれているようだな」

その様子を眺めていたマキシは、警戒を解きながらそう言った。

「えっ、分かるの？」

「現在、彼らの言語を分析中だ。翻訳は難しいが、ニュアンスは分かる」

マキシは何ということもない顔をして答えた。なにそれ、すごい。

しばらくして、ローブのようなものをまとっているモグラ人間は、こちらを振り向いた。

よく見ると、僕達と戦おうとしていたモグラ人間達よりも小柄で、華奢なように見えたし、つぶらな瞳は理知的だとすら思えた。

ローブ姿のモグラ人間は、鼻をしきりにひくつかせる。そして、くぐもった声のような音を発した。

　マキシはそれに対して、「ああ」とか「そうだな」と相槌を打つ。

「何を話しているんだ……」

「非礼を詫びるようなことと、あるべきところに戻って欲しいというようなことを言っている」

　マキシは、淡々と答えた。「ふむ、成程な」とファウストさんは頷く。

「とことん調べたいところだが、お互いに干渉し合わないというのも必要なことだな。干渉は時として、双方のバランスを崩す」

「あれ。ファウストさんにしてはしおらしいですね」

「未知の存在に遭遇するという収穫はあったし、今日はいったん退いて、後日また、調査に来ようと思う」

「うわっ、先延ばしにしただけじゃないですか……」

　ファウストさんは、やはりファウストさんだった。

「では、一先ずは私のアパートに近づかないようにして頂けませんかね。穴も直して欲しいところですが」

メフィストさんの要望を、マキシは先方に伝える。ローブ姿のモグラ人間は、マキシのことを真っ直ぐ見つめながら頷いた。

「こちらに干渉をしないで欲しいという旨は伝わったようだ」

マキシはこちらを振り向く。

「穴については難しかった。すまない」

「いいえ、良いんですよ。文化が全く異なる地底人となると、私もコミュニケーションが出来ませんからねぇ。アパートに攻めて来るなんていう展開にならずに済んだのなら、何よりです」

メフィストさんは胸を撫で下ろす。

「それに、うちにはごく潰しがいるので。米の分は働いて貰わなくてはいけません。早速、穴を塞ぐのをお願いしましょう」

「任せておけ！」

ファウストさんは力こぶを作る。ごく潰しということを否定しなかった。

ローブ姿のモグラ人間は、僕達に何かを話してから、ぺこりと頭を下げる。全体的に丸っこい姿なので、深々とお辞儀をしたらそのまま転がってしまいそうだ。マキシもまた、それに倣うように深々とお辞儀をする。

「さあ、行こう」

マキシは僕達の背を押し、帰路につくことを促す。誰一人文句を言うことなく、それに従った。

「彼女は、マーヤという名前らしいな。それだけはハッキリと分かった」

「あっ、女の子だったんだ……」

少し小柄で、守ってあげたくなるオーラが出ていたのも納得だ。

マキシに背中を押されながらも、ちらりと背後を見やる。ツルハシを手にしたモグラ人間達は、相変わらず殺気立った様子でこちらを見ていたが、マーヤは祈るような目でこちらを見つめていた。

彼女は、何故洞窟の中にいたのだろう。

そして、一体、どんなことを胸に秘めているのだろう。

アパートに帰る途中、ファウストさんは興奮気味に今日の発見について語り、どうやって次の訪問を果たすかを話していた。一方、メフィストさんは地底人にそこまで関心がないようで、出来るだけ早く穴を塞いでしまいたいと言っていた。

僕は、ファウストさんと共に、再びあの都市を訪れたいと思っていた。

ファウストさんのような、ちょっと迷惑で偉大な好奇心の為ではない。地底人が何者か気になったけれど、それ以上にマーヤのことが気になって仕方がなかった。

「もっと、彼女のことを知りたいな……」

「マーヤのことか？」とマキシは電光石火の早さで察してしまう。

「ま、まあ。他の地底人と、雰囲気が違っていたし」

「確かに。彼女は特殊な身分にあるようだ」

「特殊な身分、か……」

マーヤからは高貴さも感じた。もしかしたら、地底人のお姫様なんだろうか。

僕達とは全く違う見た目で、お互いに言葉も通じないけれど、もっと話してみたいと思った。

帰宅した僕達を、加賀美とエクサ、そしてタマは出迎えてくれた。地底人のことを話すと、目を丸くしたり興味深そうにしたりして、その日は話が尽きなかった。

「地底都市かぁ。いいなぁ……」

話をひとしきり聞いた加賀美は、タマを膝に乗せて夢見心地だ。地底都市がインス夕映えしそうだとも言っていた。

「ところで、カズハ君。先程からぼんやりしているようだけど」

エクサの指摘に、僕は「ええっ、なんでもない！」と慌てて首を横に振る。

「自分達と異なる生命体の文化を見られたんだ。無理もないさ」

ファウストさんは自分目線でフォローするが、この時ばかりは助かった。「そうそう」とファウストさんに頷く。

それからしばらく、僕の頭はフワフワしていた。ネットゲームをやる気すら起きなかった。

夜は珍しく、早めに就寝する。その晩、僕は地底都市のあの場所で、都市を見下ろしながらマーヤと楽しく語らう夢を見たのであった。

こぼれ話　前途多難、エクサのアルバイト

エクサは、人の心を持つ兵器として未来で作られた。

だけど、人間に離反したということで、未来の世界から切り捨てられてしまった。

人間の心を持つというコンセプトのもとで生まれたけれど、人間の心というのは難しい。エクサは、よくそんなことをぼやいていた。

「だから、アルバイトをしようと思ってね」

「だからの意味が分かりませんが」

爽やかな笑顔で提案するエクサに、僕は思わずツッコミを入れてしまった。アパートの廊下で世間話をしていた時のことだった。

「君達ほどではないだろうけど、僕の思考回路は複雑に出来ているからね。まだまだ、伸びしろがあるのではないかと思って。それを伸ばすには、経験が必要だから」

「言ってる意味は分かるけど」

「出来るだけ、人と多く接する仕事がいいと思ってね。接客業の求人に応募してきたのさ」

「はやっ！　行動早っ！」

エクサの行動力に、思わず目を剝いてしまった。

「っていうか、メフィストさんの手伝いをすればいいじゃないか。雑貨屋の方はお客さんも多いしさ」

メフィストさんは、一階で雑貨屋を営んでいる。

怪しげな呪具や胡散臭い薬品から、可愛らしいマスキングテープまでを取り揃えている、非常にカオスな雑貨屋だ。しかし、女子からの受けが大変よく、僕が大学から帰宅する時には、店で女子高校生に囲まれているメフィストさんの姿を拝むことが出来る。

エクサは爽やか美青年だし、人気が出るのではないだろうか。それとも、メフィストさんがそれを良しとしないのだろうか。

だけど、エクサの返答は意外なものだった。

「依存のし過ぎは良くない。何事も、程々にしないとね。リスクマネジメントは大切さ。メフィストさんがどうにかなってしまったら、僕の計画は台無しだからね」

さらりとドライなことを言う。その笑顔もまた爽やか過ぎて、エクサが風ならば、外に干された洗濯物は一瞬で乾いてしまいそうだ。

「メフィストさんがどうにかなると思いたくないけど、ご、ご尤もで……。因みに、何処に応募したわけ？」

「近所のパン屋さんだよ。レジを打つのは初めてだけど、相手は単純な機械だからね。僕が負けるとは思えないし」

そっちに対抗意識を燃やしちゃうのか。

改めて、エクサもまた機械なんだなと考えさせられる。

「そっか。採用されたら教えてくれよ。パンを買いに行きたいしさ」

「フフ、有り難う。カズハ君には笑顔をサービスしようか」

エクサはにこやかに笑う。アイドルさながらの美青年にそんな顔をされたら、誰だって悪い気がしないだろう。

だけど何故か、僕は、嫌な予感しかしなかったのであった。

数日後、エクサは見事に採用された。

駅に入っている商業施設の一角にあるパン屋さんで、散歩がてら行ける距離だった。

エクサならば上手くやっているだろう。そう思う反面、不吉な予感も拭い去れなかった。

エクサがシフトに入っている日、僕は大学の授業が無かったので、こっそりと様子を見に行くことにした。どうも、堂々と行くのが憚られたから。

「えっと、確かここだっけ……」

百均で売っていたアフロの鬘を被り、レンズが入っていない派手な眼鏡をかけ、パン屋さんへと近づく。

小綺麗な内装の、僕も知っている店だった。

夕方に通り過ぎると、レジではお客さんが列を成していて、人気のお店なんだなと思っていた。今は、中途半端な時間のようで、店内にお客さんはいない。

その代わり、店の奥から怒号が聞こえた。

「何を言っているんだ！　もう一度言ってみろ！」

壮年の男性の声だ。

びっくりしつつガラス張りの窓から覗いてみると、店長と思しき男性とエクサが向かい合っていた。

「今のやり方では、効率が良くないと言ったんです。僕が提案したやり方ならば、二人の人員を削減出来る。そうすれば、人件費を節約出来、店は更に発展するのではないでしょうか」

笑顔を保ちつつも、エクサは非常に冷静だった。怒り心頭の店長を、諭そうとすらしているかのようだった。だけど、それは火に油を注ぐ行為だったようで、店長の顔には徐々に血が昇っていった。

「まずい……！」

僕は咄嗟に動く。次の瞬間、店内ではひときわ大きな店長の声が響いた。

「お前はクビだ！　もう帰れ！」

「その命令は承諾出来ませんね。店長、今の貴方は冷静さを欠いている。ここは、気分転換をして――」

「ちょっと待ったー！」

全く動じていないエクサと、頭の血管がはち切れんばかりの店長の間に、僕が割って入る。

店長はぎょっとしたが、無理もない。今の僕は、アフロと安っぽいレンズなし眼鏡をかけた不審人物だ。

「カズハ君。どうしたんだい、その格好は」とエクサは目を丸くした。

「バレてる!?　いや、そんなことは別にいいから！」

僕は、エクサに回れ右をさせて、呆気にとられている店長に愛想笑いを向ける。

「こいつのことは、僕がどうにかするので！　失礼しました！」

エクサの背をぐいぐいと押しながら、僕はその場から立ち去る。変装が功を奏したのか、店長は追いかけて来なかった。


「あー、冷や汗かいた！」

池袋西口公園にて、僕はアフロを脱ぎ捨てた。鬘の内側は、すっかり汗のにおいが染みついている。

「迷惑を掛けてしまったようで、すまないね」

僕がベンチに腰を下ろすと、エクサもまた、隣に座ってくれた。謝罪の言葉はくれ

たけど、解せないと言わんばかりの表情だった。

「彼は、何故怒ったのだろう。仮に図星を突かれたとしても、怒るような人物ではないと思ったんだけど」

「……僕はあの店長のことをよく知らないんだけど、どういう人なんだ？」

「従業員の鼓舞が上手く、信頼を多く寄せられている。パンを製造する技術も申し分ないし、店の経営者としても実力があるのだけど」

「従業員をいきなりクビにしようとしたりはしない、って感じかな」

「そうだね。寧ろ、失敗してもフォローするタイプさ」

「あー……」

僕が納得したような声をあげたので、エクサはビックリしたように目を丸くしていた。

「理由が判明したのかい？」

「まあ、何となくだけどね。店長さんはきっと、和を乱そうとしたことを怒ったんじゃないかな」

「和を乱す？」

「エクサは、二人の従業員をクビにしろって言ったじゃないか」

「だけど、効率と利益を重視し、店の発展を考えれば、その方がいいということは明白だ。技術的に、明らかに劣っている従業員もいるし、彼らがいなければ、店は更にいいものになる」

　エクサは力説する。

　それが、彼なりの善意から提案されているものだということは、ひしひしと伝わって来た。だからこそ、僕もじっくりと考えつつ、エクサにやんわりと伝える。

「いいものっていうのは、効率の良さとか利益率の高さとか、技術の高さに限らないんじゃないかな」

「どういうことだい？」

「世の中って、そう単純なことじゃなくて、もっと複雑なんだ。これは飽くまでも予想なんだけど、従業員がそれぞれの事情を抱えていて、働いて稼がざるを得ない状況だったら？」

　学費を自分で稼がなくてはいけない学生や、子供の養育費を稼がなくてはいけない親御さん、生活費はバイトが頼りという人や、実現が難しい夢に向かってコツコツと貯金したい人もいるかもしれない。

「店長の鼓舞が効くのは、店長が従業員に対して真摯に向き合っているからなんじゃないかな。多少、技術的に難点があっても、それぞれの事情を考慮して、やめさせないでいるからこそ、その従業員も頑張るんじゃないか？」

だからこそ、いずれ成長するかもしれないし、長く働き続けるかもしれない。それは結局、店にとって大きな利益になるのではないだろうか。

逆に、どんなに優秀なスペックを持った従業員でも、店との間に信頼関係が築けなかったら、さっさと次の職場へと移ってしまうかもしれない。定着しないことは、店の損失になってしまうのではないだろうか。

僕がエクサにそう伝えると、彼は自分の中で咀嚼するかのように、しばらくの間、黙っていた。

だが、己の中で結論が出たのか、ぽつりぽつりと喋り出す。

「人の心を掌握することによって、効率を上げるという手法を取っていたというわけか。そこを、僕が浅慮な意見を述べてしまったから、店長は怒り出したということかな」

「掌握っていう表現はどうかと思うけど、大体そんな感じじゃないかな。店長は従業員の心に寄り添っていて、従業員を守りたかったから怒ったんだよ、きっと」

「人の心は難しい。でも、まだまだ観察のし甲斐があるね」

エクサは微笑み、ベンチから立ち上がる。

「これから、どうするんだ？」

「店長に謝るよ。今回は、僕が悪かったわけだしね。それに、外面では測れないもので繋がっている彼らに、興味が湧いた。しばらく観察を続けたいんだ」

「そっか」と、僕は前向きなエクサに微笑んだ。

「安心して。僕も店長の心を掌握してみせる。怒りを買わぬようにして、意見を上手く通したいところだね」

「お、おう。頑張れ……」

エクサの不屈っぷりには恐れ入る。もしかしたら、メフィストさんやファウストさんよりも面の皮が厚いのではないだろうか。

彼がまず手に入れるべき要素は、細やかな気遣いと繊細さか。

軽い足取りで店へと戻るエクサの背中を眺めながら、僕は友人の一人である彼に、上手（うま）くやれるようにとエールを送ったのであった。

第二話　衝撃！　地底人との交流

地底人がいた。

その衝撃は、何日経っても冷めることはなかった。

メフィストさん曰く、僕達と同じ世界に住まう地底人なのか、マキシやエクサのような並行世界の住民なのか、まだ判断が出来ないのだという。

「まあ、メフィストさんが掘り進んでいるヘンテコな地下の話だしなぁ」

食堂にて、僕はテーブルに頬杖をつきながらぼやいた。

「その地底人、ぼくも見てみたいんだけど」

加賀美もまた、僕に倣うように頬杖をつく。膝の上にいたタマも、机の上に顎を載せて「くるぅ」と鳴いた。

アパートの住民の夕飯はすっかり済み、食堂には僕達しかいなかった。偶に、残業で遅くなった人が、お弁当を温めるためにレンジを借りに来るくらいだ。

僕と加賀美は、すっかり冷めてしまったお茶を啜る。

「最下層の出口、封鎖されちゃったんだ。危ないからって」

「でも、調査には行くつもりなんでしょ？　主にファウストさんが」

好奇心旺盛な彼は、晩飯を抜きにされても調査するだろう。

悪いことに、封鎖の指示をしたのはメフィストさんでも、封鎖の作業をしたのはファウストさんなので、何かを仕掛けているはずだ。

「うん、まあ。でも、そのファウストさんが、ここ数日、妙に静かなんだよなぁ」

「食堂に来る時は、すっごい真面目な顔をしてるしね。風邪でもひいたのかな」

「それか、腹痛……？」

「冷静になってみたけど、有名な錬金術師に対して凄いこと言ってるよね、僕達」

「というか、死人って風邪をひくの……？」

僕達は顔を見合わせ、タマは不思議そうな顔をする。

次の瞬間、「疑問を持つというのはいいことだ！」と嵐のように食堂にやってきた人物がいた。噂のファウストさんだ。

「うわっ、噂をすれば……」

加賀美は露骨に顔をしかめた。

「死人は風邪をひくのか、ひかないのか。大いに議論するといい！　疑問こそが探究心の生みの親だ！　探究心こそ、真理への一歩だ！」

ファウストさんは、大袈裟に両手を広げる。

「まあ、ファウストさんのことなんですけど……」と、僕は気まずさのあまり小声になった。

「で、ぶっちゃけ、どっちなの？　ファウストさんは風邪をひくの？」

加賀美は物怖じをせずに尋ねる。すると、ファウストさんは「ひかない！」と即答した。

「因みに、生前は……」と僕は尋ねる。

「ひかぬよう努力したが、それが実を結ばないこともあったな。だが、天の国で乾布摩擦というものを覚えてからは、毎日のようにこなしていた。それが、健康な身体をつくったのではないかと思っている」

「それって、死人だからじゃあ……」

「というか、乾布摩擦をしてるんだ。死人なのに……」

僕と加賀美は、健康的な顔色と健康的な身体付きのファウストさんを、まじまじと見つめる。

「まあ、それについての話題は尽きないが、一先ず、君達に報告しておこうと思ってな」

ファウストさんは、急に真面目な顔つきになる。僕と加賀美は、息を呑んだ。

「遂に、翻訳アプリが完成したんだ」

「翻訳アプリ？」

僕と加賀美の声が重なる。タマも、「くるる？」とつぶらな瞳で首を傾げていた。

「ああ。地底人の言葉を、リアルタイムで翻訳してくれる代物だな」

「凄いじゃないですか！」

「なにそれ、やばい！」

僕と加賀美は賞賛する。ファウストさんは誇らしげに胸を張るけれど、これは本当に凄いことなので、もっと得意げになってくれてもいい。

「しかも、アプリだなんて……。ファウストさんは大昔の人なのに、凄いなぁ」

「既に申請が通ったからな。このサイトからダウンロード出来る」

「えっ、めっちゃ公開されてるんですけど！」

自分の携帯端末から、ファウストさんのレクチャーに従って販売ページに飛ぶと、誰でも無料でダウンロードが可能になっている。

しかも、一見すると普通の翻訳アプリだ。日英独の三か国の言語を翻訳出来るほか、地底人語も訳せると説明されている。

「いやいや、普通じゃないし！」

四つ目の言語が明らかにおかしい。

「常識に囚われてはいけないぞ、カズハ君。探究心を殺し、視野を狭めてしまうからな」

ファウストさんは、僕の肩をぽんと叩いた。

「尤もらしいことを言ってますけど、流石にこの地底人語にはツッコミを入れざるを得ないですよ！」

「本当は、大阪弁も入れたかったんだが……」

「大阪は日本と別の国じゃないですからね!?　独特の気質と文化を持ってますけど！」

目を剝いてツッコみながらも、翻訳アプリをダウンロードする。地上三か国の言語もリアルタイムで翻訳してくれるらしいから、池袋で時々見かける、道に迷っているであろう外国人観光客の手助けに役立つことが期待出来る。

「うーん。でも、デザインが何て言うか……」

加賀美は眉根を寄せる。その気持ち、分からないでもない。

アプリのデザインは、異様に賑やかだった。無意味に富士山が描かれていたり、無意味に鷹とナスが空を飛んでいたり、芸者さんやお相撲さんがあちらこちらに散りばめられている。よく見れば、富士山の頂上付近には、凧で飛翔する忍者の姿があった。

「何でこんなに、日本に寄せたんです……？」

「それは、日本に対するリスペクトだな！」

ファウストさんは胸を張る。親日家の愛情が暴走したようなデザインだったが、その中で、一つだけ目を惹くものがあった。

「あっ、これはカワイイかな」

加賀美は顔を綻ばせる。

ロード中は、モグラの姿をしたマスコットキャラクターがちょこちょこと歩くようになっていた。つぶらな瞳のモグラが、二本足で可愛らしく歩く姿に、マーヤを重ねてしまった。

　彼女は今、どうしているだろうか。

「マキシマム君が収集した会話データをもとにしていてな。短時間の接触だったが、彼はあの場所の近くの会話も拾っていたようだ。いやはや、あまりにも優秀で恐れ入る」

　ファウストさんは、マキシに惜しみない賞賛を送る。

「だから、最近、マキシがあまり姿を見せなかったんですね」と僕は納得した。

「すまないな。寂しい想いをさせて」

「まあ……、多少は寂しかったですけど……。でも、必要なことですし」

　僕は、ぼそぼそと答える。

「あーっ、葛城が拗ねてる！」と加賀美がこちらを指さした。

「拗ねてないってば！」

「嘘だぁ。そんなに口を尖らせちゃってさ」

　加賀美は、可愛いものを見るような目をこちらに向ける。やめてくれ、僕はタマみたいなマスコット的存在じゃない！

「そう言えば、そのマキシは？」

「ここにいる」

マキシは、食堂の出入口から静かに姿を現した。タイミングを見計らったかのような登場に、僕の心臓は飛び出しそうになる。

もしかして、加賀美とのやりとりを見られていたのだろうか。

だけど、マキシは相変わらずクールな様子で、素知らぬ顔をしていた。

「俺が記憶した言語パターンは不完全だ。彼らとコミュニケーションを取るためにも、再潜行を推奨する」

「再潜行って、出口は封鎖されてるんじゃないの？」

疑問を浮かべる僕の横で、加賀美が悪戯っぽく笑う。

「真面目だなぁ。そんなの、コッソリ行けばいいんだよ」

「いやでも、バレたら後が怖いし……」

それこそ、僕まで晩ご飯を抜きにされるかもしれない。コンビニもスーパーも近くにあるものの、メフィストさんの手料理は怪しげだけど美味しいし、それが食べられないのは寂しい。

「メフィストは今、雑貨屋で帳簿を付けている」

マキシはさらりと報告した。既にチェック済みか。

「ふむ。帳簿を付けている間は集中しているからな。多少の異常は気付かない。俺もその時間を見計らって、アパートを弄ることがあった」

ファウストさんは深々と頷く。マキシに入れ知恵をしたのはこの人か。

「地底人のところに行くなら、ぼくも行きたい！」

加賀美は元気よく挙手をする。「くるっくるっ」とタマもつられるように前脚を挙げた。

「まあ、みんなが行くなら僕も……。その、気になるし……」

単純な好奇心もあった。だけど、頭を過ぎるのはマーヤの姿だった。

彼女は、どんなことを喋っていたのだろう。どんな気持ちで、あの時、僕達を庇ったのだろう。

「よし。満場一致で賛成ってことで、れっつごー！」

加賀美は意気込んで右手を振り上げる。ファウストさんもマキシも食堂を後にして

階段へと向かった。

「でも、大丈夫かな」

僕もその流れに従いつつ、ぽつりと呟いた。

「何が問題だ？」とファウストさんが問う。

「マーヤのことですよ。あの時、僕達を逃がしてくれたじゃないですか。あるべきところに戻って欲しいって。でも、僕らがまた地底都市に行ったら、彼女に迷惑が掛かるんじゃないかと思って」

「迷惑を掛けるのは本意ではないな」

以前、好奇心によって池袋に恐竜を放ったロクデナシ錬金術師は、真面目な顔をして頷いた。

「忍者のようにコッソリと行こう」

「いきなり胡散臭くなりましたね……」

以前に忍者のコスプレもしたし、ファウストさんは忍者が好きなんだなと、どうでもいい知識が増えた。

「そのマーヤって子と話せそうなら、交渉してみれば？」

加賀美は、タマを抱き締めて階段の方へと向かいながら言う。

「でも、マーヤと話すには地底都市に入らないと」

「そうなの？　だって、最初にその子と会ったのは、横穴の方なんでしょ？」

「あ、そうか」と僕は納得する。

「しかし、どうして彼女はあそこにいたんだろうな」

ファウストさんは、新たな疑問に行きついた。

「散歩……という感じじゃなかったですよね」

「彼女は、穴を掘り進めていたようだな。地底にある都市を拡張しようとしていたのかもしれないが」

「だが、拡張するにしては非効率的だ」

ファウストさんの憶測に、マキシが意見する。ファウストさんも同じ見解だったようで、「そうなんだよな」と頷いた。

「拡張するならば、あんな細い通路を作らずに、壁を切り崩すだろう。地盤の強度の関係でそれが敵わなかったのかもしれないが」

「作業人数も少数だ。穴掘りをしていたのは、マーヤのみだ」

「ふむ。あの我々を拘束しようとした連中は違うのか。ますます、疑問が湧いて来たな」

ファウストさんは、更なる疑問に心を躍らせた。

いずれにせよ、今は疑問ばかりだ。

ここで机上の空論を繰り広げていてもしょうがないというのは全員同じなようで、僕達は足早に階段を下りたのであった。

最下層に行くだけでも、かなりの体力を要した。

先日は緊張のあまり疲れを感じていなかったようだけど、階段を下り切った僕は肩で息をしていた。

「やばい。膝が笑ってるんだけど……」

「上る時よりも下りる時の方が、膝に負担がかかるっていうしね」

そう言いながらも、加賀美は平然とした表情をしていた。流石は、体型を維持するために日頃から運動をしているだけある。

「カズハ、手を貸そう」とマキシが右手を差し出す。

「あ、有り難う……」

僕はその右手を取る。情けない姿だけど、一歩踏みだした瞬間、身体がぐらついてしまった。

「メフィストは、俺が作業をした後にも厳重に封鎖したようだな」

ファウストさんは、板が打ちつけられていた扉に、更に掛けられた閂を揺さぶる。閂には鎖が雁字搦めになっていて、ちょっとやそっとでは開けられそうにもない。

「この鎖、上手く解ければいいんですけど」

「いや、その必要はない」

ファウストさんはにやりと笑うと、マキシの肩をぽんと叩いた。すると、マキシは「致し方ない」と静かに鎖を引っ掴んだ。

「あっ、もしかして」

マキシが引っ張った瞬間、ガキィンという硬質な音を響かせて鎖は引きちぎられた。

マキシは黙々と鎖を取り除き、最後にそっと閂を外す。

因みに、打ちつけられた板は、ファウストさんが軽く作業をしただけで、簡単に外れてしまった。

「今更だけど、大丈夫？　ファウストさんに加勢しちゃって」と、僕はマキシに小声で問う。

「地底人と呼ばれる存在を調査するには、封鎖を解かなくてはいけなかった」

「ま、まあそうだけどさ……。だけど、あとでメフィストさんから大目玉を喰うんじゃあ……」

「恐れていては何も出来ない」

マキシは真っ直ぐな瞳で僕を見つめる。そんな目で見られたら、「確かに」と頷くことしか出来ない。

「マキシも、僕の扱いが上手くなった気がする……」

封鎖されていた扉の向こうへと行くマキシの後ろ姿を見送りながら、そんなことをぼやく。

今度は、ファウストさんがヘッドランプを持参していた。これでツルハシを持てば、完全に錬金術師ではなく採掘現場の人になってしまう。

マキシは洞窟の中に踏み入るなり、黙って辺りを見回した。マキシの目には、この数メートル先は完全な暗闇という世界が、少しは明るく見えているのだろうか。

「ん？」

「どうしたの、葛城」

加賀美は首を傾げる。

「いや、足に何かが触った気がして」

「うわっ、怖い話をするのやめてよ」と加賀美は、すがりつくようにタマを抱っこする。吃驚したタマは、「ぶるるるっ」と悲鳴のような呻きのような声をあげる。

一方、マキシは「成程な」と呟いて本題に入る。

「今は、先日のように掘り進めてはいないようだ」

「じゃあ、都市の中かな」

「いや……」

マキシは不自然な間を置きながら否定した。

「都市の外に出て来たようだな」

「えっ、じゃあこっちに向かっているの？」

「ああ」

どうやら、マーヤは都市の方から歩いてこちらに向かっているのだという。マキシはその足音を感知していた。

彼女の許可なしに都市に入ることを避けようとしていた僕達にとって好都合だが、彼女は何故、僕達がやって来ることが分かったのだろう。

「これだ」

マキシは膝を折ると、僕の足元に張られた細いロープを示した。ファウストさんがヘッドランプで照らしてくれたお陰で、違和感の正体を突き止めることが出来た。

「いつの間に、こんなものを……」

それは、洞窟の奥の地底都市に続いているようだ。「鳴子のような役目をしていたのだろう」とマキシは冷静に分析した。

「それって、僕達が封鎖を破ってやって来たのがバレたってこと？　流石に、今度は地底人の軍団を連れて来られるんじゃあ……」

「いや。彼女単独のようだ」

マキシは、地底都市の方をじっと見つめる。

「ならば、アプリの出番だな！」

ファウストさんは意気揚々と、僕達にアプリの簡単な操作法を教えてくれた。

どうやら、こちらの言語を地底人語に、あちらの言語を日本語に同時翻訳してくれるらしい。

「すごっ！　お金取れるレベルじゃん！」と加賀美は目を剝く。

「金はそこまで必要に思えなくてな。それよりも、多くのユーザーに使って貰い、感想や要望を集めて好奇心を満たしたい！」

流石はファウストさん。お金を稼ぐよりも、好奇心の方が先だった。

足音が、前方から聞こえるようになった。大地を踏み締めるような足音だったけれど、そこから気品が滲み出ているように感じた。

ヘッドランプが照らす暗闇の中から、マーヤの姿が現れる。相変わらずローブを纏っており、そのつぶらな瞳には憂いが窺えた。

「マーヤ……」

「何故、戻って来たのです」

翻訳アプリが、マーヤの唸り声のような言葉を翻訳する。僕は予想以上に滑らかな翻訳音声にビックリしながらも、携帯端末をマーヤの方へと向けて答えた。

「ごめん。君達のことが、もっと知りたくて」

携帯端末から、マーヤ達が喋っていた唸り声のような言語が発せられる。今度は、マーヤがビックリする番だった。

「その装置は、何なんです？　貴方達が、私達の言語を喋るなんて。それに、貴方達は、言ってることも分かるのですか」

僕と加賀美は頷き、ファウストさんは得意げに胸を張った。マーヤは、マキシの方を見やる。

「つい数日前は、彼が私達の言語のニュアンスを汲み取ってくれました。聡明な種族だとは思っていましたが、まさか、そんな装置まで開発するとは」

マーヤは、小さな瞳を大きく見開いて、携帯端末に手を伸ばす。一瞬、どうしようかと思ったものの、僕はマーヤに携帯端末を差し出した。彼女は大きな手で端末に触れ、長い鼻をひくつかせる。

「その目は、見えていないのか？」

ファウストさんは、自分の発明が上手くいったという余韻に浸る間もなく、次の好奇心を向ける。

「いいえ。ですが、視覚にはあまり頼っていないのです」とマーヤは頷いた。恐らく、僕達よりも視力が弱いのだろう。

「私達は、主に嗅覚と触覚、あと、聴覚に頼っています。貴方達は、光を捉える器官が発達しているんですか？」

「ああ。視覚にかなり頼っているな。だから、地下には光を持ち込まなくてはいけない」

「つまり、貴方達は地上からやって来たというわけですね。意図せず迷い込んだというようなことは聞いていましたが、何処からやって来たかは分からなかったので」

マーヤの言葉に、「おっと」とファウストさんは目を丸くした。

「我々が何処から来たのかを探っていたのか。上手く誘導されたな」

「あ、ごめんなさい。そんなつもりは。どうしても、気になって」

マーヤは申し訳なさそうに縮こまる。だが、ファウストさんは機嫌を損ねたわけではなく、相変わらずの豪気な笑顔で、マーヤの肩をぽんと叩いた。

「まあ、気にするな。好奇心旺盛なのはいいことだ」

「時に、人に迷惑を掛けますけどね……」

僕はつい、ファウストさんの奇行を思い出してしまった。

マーヤは鼻をひくつかせ、髭を揺らしながら、僕達のことを見つめる。正確には、見つめているというよりも、においを感じてるのだろう。

「好奇心ついでにお聞きしたいのですが、貴方は随分と毛色が違うようですが……」

マーヤの興味の矛先は、明らかに違うにおいを発し、皆と異なる足音をしているであろうマキシに向かった。

「俺は、人間が作った道具の一つであり、パートナーだ」

マキシは凛とした態度で答える。自ら道具と言った時は、少しだけ哀しい気持ちになってしまったけれど、パートナーだと言ってくれたのは、それを吹き飛ばすほどに嬉しかった。

「人間……」

マーヤの好奇心は、彼女が聞き慣れない単語に移ったらしい。

「そう。我々のことだな。ホモ・サピエンスと呼ばれている霊長類の一種だ」

答えたのは、ファウストさんだった。マーヤにとって、いずれも聞き慣れたものではないような雰囲気であったが、彼女は何度か頷いて、噛み砕きながら理解する。

「その言語に該当するものは、こちらにはありません。地上と文化の交流がなかなか無かったことが悔やまれます。ですが、貴方達が我々とは違うルーツを持った知的生命体であることは分かりました」

アプリ翻訳の、知的生命体という言語に、些かの危うさがあった。彼女が発した、それに該当する言語が、アプリにとって難解だったのだろう。彼女らもまた、僕達とは全く違う文化から生まれた固有名詞を持っているのだ。

「ああ、なんて興味深い。貴方達のことだけで、何日も話せそうです」

マーヤの瞳がキラキラ輝き、鼻先に生えた髭はゆらゆらと揺れた。

「しかし、私は私の務めを果たさなくては。改めて、自己紹介いたします。私はマーヤ。我々の都市の巫女をしています」

「巫女さんなんだ！」

加賀美は声をあげ、「なるほどねー」と感心する。確かに、マーヤからは理知的な雰囲気の他にも、神聖さが漂っていた。

「君達の都市では、巫女はかなりの権限を持っているようだな。先日、我々と対立した者達を鎮めたのも、それがあってのことだろう」

ファウストさんの質問に、マーヤは「そうです」と頷いた。

「祭祀を司り、地位は長の次となります。私は、母から継いだばかりで、頼りない巫女ですが……」

マーヤはうつむく。

咄嗟に、そんなことないと弁護しようとしたものの、僕はまだ、彼女のことを何も知らない。それなのに、知ったかぶりは失礼だ。そう考えると、「そんなことないと思うけど……」という弱々しいものになってしまった。

それでも、彼女にとって少しでも気休めになったようで、「フフ、有り難う御座います」と小さな目を細めて微笑んだ。

彼女は咳払いを一つすると、話を進める。

「貴方達は、我々の住処に来ることを希望しているようですが、理由をお伺いしてもいいですか」

「単純に、興味深いからだ。我々とは異なる進化をし、異なる文化を持つ生命体のことを知りたい」

ファウストさんは、ずばり答えた。マーヤの表情が一瞬だけ曇るが、ファウストさんの言葉には続きがあった。

「だが、君達の生活を侵すつもりはない。過度な調査もしないし、公表もしないと誓おう」

「未知の存在は、公表してこそ価値があると思うのです。貴方が誓いを守ることで、貴方にどのような利益がもたらされるのですか？」

マーヤの問いは尤もだ。だけど、ファウストさんはハッキリと答えた。

「知的好奇心が満たされる！　自分なりに満足が出来る！　俺はそれで充分だ。名誉が欲しくて研究をしているわけではないからな」

ファウストさんは僕達の方を向くと、「それで構わないな？」と尋ねる。

「まあ、人様の生活を邪魔したくないっていうのは全面的に同意しちゃうかな。だけど、マーヤ達の生活が気になる気持ちも同じっていうか。ぼく、まだ地底都市を見たことないし」と加賀美は言った。

マキシも、静かに頷く。

「俺は皆の判断に従おう。だが、個人的な意見を述べさせて貰えば、異文化との交流が未来に役立つかもしれない」

「ほほう。マキシマム君の意見は、かなり建設的だな。君のAIを徹底的に調べてみたいもんだがなぁ」

ファウストさんはマキシに興味を示す。だが、直ぐに視線はこちらに向けられた。

「で、カズハ君はどうだ」

「僕は……」

動画サイトに投稿して一躍有名になりたいとは思った。

だけど、そうすることでマーヤ達を求めて人間が押し寄せて、彼女らの平穏が壊されるのは嫌だった。

交流を試みようとする人間ばかりではない。地底人を脅威として排除しようとする人間が現れないとも限らなかった。

「マーヤ達のことは、秘密にしておいた方が良いと思います」

「うむ、そうだな」

「でも、マーヤ達のことは知りたいです……」

「ああ、その通りだ！」

ファウストさんは僕の意見を歓迎するかのように両手を広げ、そのままの体勢でマーヤの方を振り返った。

「意見は大凡一致した。君達の領域を侵さぬよう努力しつつ、調査をさせて欲しい。それはあくまでも個人的なもので、公表はしない！」

テンションが高いファウストさんに対して、マーヤは飽くまでも落ち着いていた。

「その要求を受け入れたとして、私達にどのようなメリットがありますか？」

「この画期的なアプリケーションの技術を教えよう」

ファウストさんは、僕が手にしていた携帯端末を指さす。

マーヤは一瞬だけ目を見張るが、努めて冷静になった。

「それは、私個人にとって魅力的です。しかし、我々は異文化交流をほとんどしません。大半の生物の生活圏が、地上や水中だからなのでしょうね。今回は本当に稀有な出来事なのです……」

交渉決裂か。だけど、マーヤの鼻先はマキシへと向いた。

「私は、彼のことを知りたいです」

「えっ」

僕は思わず声をあげてしまった。皆が僕に注目したので、「す、すいません。何でもないです」と慌てて弁解する。

まさか、マーヤもマキシに興味があるなんて。

やっぱり、クールなイケメンの方が人気なんだろうか。マキシの友人としては嬉しいことだけど、どうにも複雑な心境だ。

だが、マーヤの話はそこで終わらなかった。

「お察しの通り、我々は異文化との交流は無いと言ってもいいほどです。なので、非常に閉鎖的で排他的です」

マーヤ曰く、僕達がやって来た時は大変な騒ぎになったらしい。

女性は子供を守るために都市の神殿に避難し、老人達は神の加護にすがるように祭壇を拝み、男性は武器になりそうなものを手にして戦おうとしたのだという。

どうやら、彼らは僕達が都市を侵略しに来たと思ったらしい。

僕達の立場からしてみると、そんな馬鹿なという話だけど、もし言葉が通じない地球外生命体が未確認飛行物体に乗ってやってきたら、地球を侵略しに来たのかと思ってしまうだろう。

見た目が僕達に似ていれば、交渉の余地がありそうだと思うけれど、脚がむやみやたらに多かったり、目がやたらと大きかったり、何処が頭で何処が四肢だか分からない状態だったら、余計に恐怖を感じるだろう。

宇宙戦争に備えようとする人もいるかもしれないし、僕は馬鐘荘から出ないかもしれない。

そんな状態になった人達を、マーヤは必死に抑えていたという。

「それは、多大なご迷惑を……」

僕達は申し訳なさのあまり、頭を下げて小さくなる。

「いいえ。私達が地上と接触をしないのも、原因の一つだと思うのです」

「地上には、全然出ないの？」と加賀美が問う。

「全く出ないわけではありません。長に就任した者が、三年に一回、外に出ることになっております」

「うわ……。周期が滅茶苦茶長いじゃん」

ほぼ引きこもりだ、と加賀美は息を呑む。

「なんで、そんなに地上に出ないの？」

「地下の方が安全だから——ですね。地上には未知のウイルスもいますし、天敵も多いのです」

「まあ、確かに。地下は静かだよね。ぼくも地下のアパートに住んでるけど、たまに地上の喧騒を忘れちゃうもん」

加賀美の言葉に、「くるるっ」とタマが頷く。それには僕も全面的に同意したい。

池袋駅の近くなので、地上はとても騒がしい。

自動車の交通音や、ずらりと並んだ店から漏れるBGM、怪しげな求人の宣伝車のやたらと耳に残る歌に、人々のざわめき。人間の話し声だけでも、日本語のみならず、中国語や韓国語、英語や他の言語が混ざり合い、独特の環境音を作り上げていた。

地下に潜ると、それが一切なくなる。少し寂しい気持ちになるけれど、落ち着いた気持ちにもなった。

「まあ、地下も絶対に安全というわけではありませんが」

マーヤは一瞬だけ、愁いを帯びた表情になる。だが、直ぐにそれは消えてしまった。

「私個人としては、地上と接触した方がいいと思うのです」

マーヤは鼻先を上に向ける。しかし、そこにあるのは岩の天井だ。

「閉鎖的な環境では、我々の文化にも限界が来るのではないかと。私は交流を推奨したいのですが、長い間、外との接触を断って来た方々にとって、それは容易ではありません。だから、先ずはパートナーが必要だと思うのです」

「あっ、そういう……」

マキシに興味があるというのは、人間のパートナーとしてという意味だったのか。

「異質でありながらも絶対的に友好的な存在と接触することによって、徐々に慣らして行こうかと思いまして」

「成程。それは一理あるな」とファウストさんは頷いた。

「マキシマム君は、どう思う？　君の意見を尊重したい」

ファウストさんは、マキシに問う。マキシはしばし考え込むように沈黙すると、こう答えた。

「俺が協力することで双方に利益があるのならば、交渉の材料になろう。だが、俺は自分のことを全て知っているわけではない。質問に答えられないこともあるし、提供できない技術もある。それでも構わないのならば」

「構いません。私が欲しいのは、技術そのものでなくて、ヒントですから」

恐らく、自分達の技術で完全再現することは出来ないでしょうし、とマーヤは言った。

「ふむ、交渉成立だな！」

ファウストさんは破顔する。しかし、マーヤは顔を曇らせた。

「私はこれで構わないのですが、あとは長に相談してみなくては。全ての権限は、長にあるので」

「ふむ。それでは、君達の長のもとへ行こうではないか！」

「まずは、私が行きますね。皆さんはその——都市の外で待って頂けると有り難いです」

マーヤは申し訳なさそうにするが、それでも構わないと僕達は伝えた。

僕達はマーヤに連れられて、都市のすぐ近くまでやって来る。ぼんやりと漏れる都市の明かりの外で、長のもとへと行くマーヤを見送った。

「ふむ。上手く行ったようだな。アプリの具合もいい」

ファウストさんは満足げだ。一方、加賀美は都市に続く穴から、中の様子を眺めようとしきりに目を凝らしたりジャンプをしたりしていた。

「うーん。ここからじゃよく見えないな。未知の都市がすぐ近くにあるのに、もどかしいよ」

「くるっくるっ！」とタマもじれったそうに鳴く。

「まあ、もう少し待とうよ。せっかく、マーヤが交渉してくれていることだしさ」

「葛城のあんぽんたん。そんなこと、分かってるよ」

加賀美は、死語を口走りながら唇を尖らせた。

「カズハの言う通りだ。マーヤの努力を無駄にしないためにも、俺達は耐えなくては」

「うんうん。マキシの言う通りだね」

マキシに対して露骨に素直な加賀美に、「解せぬ……！」と僕は呻く。

「しかし、あの様子だと、彼女達は地上との接触は本当に無いようだな。長が地上に出るというのも、人里離れたところなのだろう」

ファウストさんは、珍しく真顔で大人しく考察をしていた。僕と加賀美、そしてマキシは、ファウストさんの見解に耳を傾ける。

「長となった者が定期的に地上に出ることは分かったが、彼女らは外敵を恐れていた。地上へのアクセスも、外敵と接触しないところだろうな」

神殿や祭壇という話題があったことや、巫女が強い権限を持っていることから、マーヤ達は信仰心が厚いのだろうとファウストさんは言った。だから、地上に出る行為も儀式的な意味合いが強く、外界との接触には役立っていないのだろう、と。

「それなら、地上の人間を知らなくても無理はないかも。タマにも驚かなかったし、地上の事情がほとんど分からないのかな」

加賀美が小首を傾げると、タマもつられて首を傾げた。地上では恐竜がすでに絶滅していて、タマのような存在がいないと知っている者だけが、タマを見て驚くことが出来る。

「彼女らの姿はモグラに近いが、モグラは本来、視力がないからな。進化の過程で見えるようになったのか、それとも、土に潜る別の種族が、進化の過程でモグラに近くなったのかもしれない」

「成程……」と僕は頷く。

「彼女達がどのようなルーツを辿ったのかも気になるが、一番気になるのは、カズハ君らの物質世界との繋がりだな」

「物質世界との、繋がり……」

「そうだ。彼女達が概念の存在なのか、可能性の存在なのか、それとも、現実世界の存在なのかということだ」

　概念の存在ならば、タマのように人の心から生まれた存在ということになる。可能性の存在ならば、異なる未来から来たマキシやエクサのように、別の世界線の存在になる。

「もし、現実世界の存在だとしたら、僕達と同じ時空で、違うルーツで同じように進化した人達が、地底に住んでいたっていうことに……？」

「大発見ということだな」とファウストさんが頷いた。

「でも、馬鐘荘は概念の世界を掘り進んでるんじゃないんですか？」

「元々、いずれの世界も境界は曖昧だ。何処でどう接触するか予想は出来ない」

「……現実世界の存在だっていう根拠は、あるんですか？」

「逆に、現実世界の存在でないという根拠が薄れてきたんだ。地上はすでに滅亡しているから地下に潜っていると言われたら、異なる世界の存在だということになるからな」

　あらゆる可能性を考えながら、彼女らがいずれの存在かを見極めなくてはならない、とファウストさんは言った。

「で、でも、マーヤ達が現実世界の存在で、世紀の大発見だとしても、公表はしないんですよね!?」

「勿論！」

ファウストさんは、これでもかというほどに胸を張る。

「だが、興奮はするだろう！　自分達と同じ時空で、自分達が日常を過ごしているそばで、彼女らもまた日常を過ごしていたのではないかということに！」

「確かに……」

「それに、感動を胸に秘めることもまた、人生の潤いになるだろう。多くの人間と共有することが全てではない」

自分を含めたほんの一握りの人だけが知っているということで、感動の仕方もまた変わって来る。そんなファウストさんの意見に、僕は成程と思った。

動画サイトに投稿することが全てじゃない。マーヤをそっとしておきたいという気持ちも強かった。

マーヤが戻って来たのは、それから二十分ほど経ってからだった。

「ごめんなさい、遅くなってしまって」

彼女が手にしているのは、大きな布だった。どうやら人数分あるらしく、僕達に一枚ずつ配ってくれた。

「これは？」

「私のように頭から被って下さい。お手数をおかけして申し訳ないのですが、貴方達の姿はよく目立つので」

「あっ、成程」

布を拡げて頭から被ると、丁度、全身が隠れるほどの大きさだ。背が高いマキシとファウストさんは、少しばかり脛が出てしまって、マーヤに身をかがめるよう指導されていた。

「この布を被って住民達を刺激することを避け、私から離れないことを条件に、皆さんに私達の住処へのご訪問が許可されました」

「よしっ！」

ファウストさんはガッツポーズをして、加賀美は「やった！」と飛び跳ねる。タマは楽しそうに「くるっ」と鳴いた。

「住民は……敏感になっています。今、貴方達が都市に侵入したとなれば、私でも彼らを止められるか分かりません」

マーヤは念を押すように言った。

「貴方達は私のお願いを聞き入れてくれましたし、その後、侵略しようとすることもなかった。そのことを住民達に訴えたのですが、やはり、彼らには刺激が強過ぎたのです。子供がいる夫婦は、交代で積極的に見回りをしております」

申し訳ないことをしたと心底後悔する。

親が子供を守ろうとするなんて、当たり前のことだ。その相手が、得体の知れない地上人であれば尚更だ。

「誤解だと説明したいところだが、先ずは、時間をかけて落ち着いて貰うことが先だな」

ファウストさんは、頭から布を被った状態で、もぞもぞと動く。幼児が描くおばけのような姿だったけれど、妙に似合っていた。

「こんなので、本当に大丈夫かな……」

加賀美は、腕に抱いているタマごと布を被っていた。タマは「ぎゅむむっ」と鳴いたが、しばらく身じろぎした後は、静かになった。

「その布は、私達が使っていたものなので、においが染みついていることでしょう。住民の嗅覚を、騙せるのではないかと思われます」

「へぇ、成程。カムフラージュには最適かもしれないね」

布のにおいを嗅いでみると、確かに少し土っぽくて獣くさい。

全員が布を纏ったのを確認すると、マーヤは僕達を引き連れて、都市の中へと進んだ。

「わぁ……」

加賀美が押し殺しつつも、感動の声をあげる。

僕もまた、二回目だというのに声を出しそうになった。

遥か頭上にはぼんやりと光る天井があり、その下には、岩肌を削ったと思しき家々が密集している。ところどころに路地裏が存在し、マーヤのようなモグラに似た人々が、くぐもった声をあげて話をしていた。

翻訳アプリに耳を傾けると、どうやら、来週は娘が嫁ぐので、結婚式の準備をしなくてはいけないとか、アクセサリーを嫁入りのプレゼントにしたらどうかとか、そんな内容だった。

「普通に、近所の奥様方の会話だ……」

姿は違えど、彼らなりの日常がそこにあった。

遠くには、大きな機械と工場が見える。パイプが複雑に絡み合い、時折、蒸気が漏れ出していたりしていた。

「あの工場のような場所は？」

「鉱石を精錬しているんです」

マーヤは、地底人は穴を掘り進めて採掘をし、鉱石を精錬して使っているのだと教えてくれた。

「もしかして、宝石なんかもあるのかな」と加賀美は目を輝かせる。

「美しい石ならば、加工して装飾品にしていますね。ほら」

マーヤはローブをめくると、服に付けられたワンポイントのブローチを指さす。そこには、真っ赤に燃える凄まじい煌めきの石が飾られていた。

「うわっ、すご……！　予想以上だ……！」

加賀美は眩しそうに目を細める。

途中で、畑を見つけた。岩の大地に土をこんもりと敷いているようで、そこからは青々とした葉が顔を出していた。

「地下なのに、こんなに植物が育つんだ……！」

僕が目を丸くしていると、マキシはぼんやりと明るい天井を見上げる。

「あの光が植物を生長させているのだろう。太陽の光や照明とは異なるが……」

マキシは言葉を濁す。マキシにも分からないことがあるなんて。

「俺達にはないテクノロジーなのかもしれないな。是非とも、詳細を聞きたいところだが」

ファウストさんは、天井を調べたいと言わんばかりに手を伸ばす。マーヤはそれをやんわりと制止した。

「まずは長にご挨拶を。調査はそれからです」

「くっ……！　い、致し方あるまい」

流石のファウストさんも、分が悪いと感じたのか引き下がる。メフィストさんが見たら、泣いて喜びながら動画を撮りそうな状況だ。

「あの光は、私達のご先祖様が作り出したものです。火と、熱の力で」

「人工的な太陽のようなものか？」

マーヤの言葉に、マキシは鋭く質問する。

「とても小さなものですが、そう言えるのかもしれません。太陽は、私達にとってそれほど馴染みがないので」

まさか、小規模な太陽が作れるなんて。携帯端末に驚き、閉鎖的な暮らしをしているから、僕達の文明の方が進んでいると勝手に思っていた。だけど、本当に全く違う進化をして来たのか。

「まあ、いいさ。これで、何故地下都市が明るいのかが分かったからな」

ファウストさんは、止められたというのにご機嫌だった。

確かに、あの明るさは自然のものではないような気がしたし、もし人工的なものだとしても、視覚にあまり頼らないマーヤ達が光を利用している理由が分からなかったから。

疑問を一つ氷解させつつ、僕達は都市の中心付近へとやって来た。

その建物は他の建物よりも一回りほど大きく、屋根はドーム状になっている。周囲に、警備員と思しき武装した地底人がいたが、マーヤがぺこりと会釈をすると、会釈を返してくれた。

「長、ただいま戻りました」

マーヤは僕達が建物に入ると、他の地底人が入って来られないようにと鍵をかける。

エントランスから真っ直ぐ行くと、大広間になっている。

そこでは、ドーム状の天井に包まれるようにして、マーヤよりも一回り大きな地底人が、座り心地が良さそうな椅子に鎮座していた。

「おかえりなさい。地上からの客人をよくぞ連れて来ました」

長は、優雅に僕達を迎える。声の質からして、年配の女性のようだった。彼女は僕達に視線を向けて鼻をひくつかせると、目を細めて微笑んだ。

「よく来ましたね。もう、そのローブを取っても大丈夫ですよ」

「あ、はいっ」

僕達は布を脱ぐと、出来るだけ丁寧に、長へ頭を下げる。

「その、お招き頂きまして、有り難う御座います」

僕が緊張気味に挨拶をすると、長は微笑ましそうに笑った。

「ご丁寧なご挨拶を有り難う。マーヤが言うように、お互いの言語が本当に分かるのね。素晴らしいわ」

「貴方は、我々を見ても動じないようだが、人間を知っているのかな？」

ファウストさんは、早速疑問を投げつける。だが、長は嫌な顔一つすることなく、笑顔のまま答えた。

「ええ」

「えっ、まさか……！」

傍らで話を聞いていたマーヤが声をあげる。彼女ですら、初耳だったのか。

「掟に従って地上に出た時、一度だけ見たことがあるわ。何と奇妙な生き物だと思ったし、あんな貧相な手で、よく生きていられるなと思ったけど」

思わず、地底人と自分の手を見比べてしまう。

確かに、地底人のシャベルのような手と、ひょろりとした僕の腕とその先端についた手では、こちらの方が明らかに貧相だ。地上人の手では、地底で穴を掘り進みながら生活をするのは不可能だろう。

「私は、地上の存在に興味を抱いた。しかし、その場は立ち去った。——何故だと思う？」

長は僕に鼻先を向ける。思わず、背筋をピンと伸ばしてしまった。

「えっと、相手がどんな存在だか分からなくて、危険だと思ったから……ですか？」

「半分当たりね」

「半分……」

長は勿体ぶるように間を空けると、こう続けた。

「答えは、お互いの領域を不可侵にした方がいいと思ったからよ。双方の均衡が崩れてしまったら、そこには悲劇しか生まれないだろうから」

暗に、僕達が興味本位でやって来たことが間違いだと言わんばかりだった。

僕達と長の間に、気まずい沈黙が横たわる。マーヤはそれを、心配そうに見つめていた。

「でも、接触してしまったものは仕方がない。今問題なのは、お互いにどこまでの干渉を許すかということね」

長は、今度はファウストさんに鼻を向ける。

「マーヤは異文化交流を勧めてきたわ。私も、彼女の意見は尊重したいところね。私達は、長い間、地下で暮らしていた。その生活にも、そろそろ限界が近づいて来たと思うの」

「何故、地下で生活を？」と、ファウストさんは問う。

マーヤの答えとは、また別のものを期待しているのだろうか。それを聞いた長は、遠い目をしながら答えた。

「地上を大いなる災厄が襲った時に、祖先が地下で難を逃れたことが切っ掛けね。災厄は長い間続き、地上には変化が訪れた。しかし、地下はほとんど変化がなく、祖先は生き延びることが出来たというの」

地上の大いなる災厄というのは、白亜紀末期に落ちたと言われている隕石と、それによってもたらされた変化のことだろうか。

「さて。私達の話は、一旦、区切ることにしましょう。マーヤから話は聞いたけれど、私の方でも条件の確認をさせてちょうだい」

長は、異文化交流と称して、僕達に都市の見学を許可し、その代わりに、マキシの技術を一部提供することを要求した。そのほかの詳細な内容も、マーヤが話してくれたことと変わりがなかった。

「この条件で、良かったかしら」

「ああ」とファウストさんが頷く。僕達もまた、深々と頷いた。

交渉を見ていたマーヤは、「良かった……！」と胸を撫で下ろす。僕達のことを心配してくれたのだろうか。優しい子だな、と思ってしまった。

僕達は長にぺこりと頭を下げると、彼女の家を後にした。勿論、外に出る時は、あの布をローブ代わりにして纏うことを忘れない。

マキシに関しては、マーヤが引き受けるとのことだった。つまりは、マキシも一緒に都市を巡れるということか。離れ離れになったら、主に僕が心配だと思ったけれど、一緒に行動出来るのならば良かった。

「有り難う、マーヤ」

僕がマーヤに礼を言うと、どうやら彼女としては意外だったようで、小さな瞳を真ん丸にしていた。

「い、いえ、そんな……」

「君が長に話しておいてくれたお陰で、話がスムーズに進んだしな。俺も感謝をしたい！」

ファウストさんは、照れくさそうにするマーヤの肩をぽんと叩く。

「その、皆さんと少しでも多く一緒にいたかったので……。皆さんとお話しするのは楽しいですし」

「ぼく達の話、他に聞きたいことがあったら遠慮しないで。ぼくはお喋りが好きだし、もっとマーヤと話したいからね」

加賀美は微笑む。「有り難う御座います」と今度はマーヤがお礼を言う番だった。

「では、神殿の応接室にご案内しますね。長の家から直ぐですし、その途中にある施設でしたら紹介出来るので、是非見て行って下さい」

「神殿って……」

僕が視線をさまよわせて探し始めると、マーヤは「あちらです」と鼻先を向けた。

長の家から、太い道路が伸びている。その辺りに住宅はなく、少しばかり見晴らしが良かった。

そしてその先に、白亜の建物が聳えていた。

「うわぁ、綺麗……」

加賀美は目を輝かせる。パルテノン神殿を思わせるような造りで、周りの家々とは明らかに様子が違っていた。

マーヤ曰く、遠方まで穴を掘り進み、あの大理石のごとく白い岩を運んで来たのだそうだ。都市を中心に、そういった多くの坑道があるのだと、マーヤは教えてくれた。

「それじゃあ、マーヤが掘ってたのは、そういう坑道？」

「えっ？」

僕の質問に、マーヤは不思議そうな顔をした。

「ほら、僕達と出会った時に、穴を掘っていたじゃないか」

「あっ、あれは……」

マーヤの表情が曇る。

しまった。余計なことを聞いてしまっただろうか。

その時であった。ズズンッと大地が縦に揺れたのは。

「うわっ！」

「なんだぁ!?」

加賀美はタマをしっかりと抱き、僕はマキシにしがみついてしまった。

大地はしばらくの間、地底都市全体を軋ませながら脈動していた。天井からはパラパラと土が落ち、小雨のように都市へと降り注いだ。

「ふむ、地震か」とファウストさんは携帯端末に視線を落とす。どうやら、震源地を確認したかったらしい。

「地底は安全と思われがちだが、地震の時は地球の脈動を直接感じる場所だからな。こういうのは多いのか？」

ファウストさんの問いに、マーヤは「まあ、それなりには……」と言葉を濁した。

目の前の神殿には、うぞうぞと地底人達が集まって来る。作業着と思しき汚れた服を着ている人達、子供と手を繋いでいる親子と思しき人達、身体が丸まってすっかり小さくなった老人と思しき人達も、神殿の前にひれ伏した。

翻訳アプリを起動してみると、断片的な情報を拾ってくれる。

どうやら彼らは、今の地震が神さまの怒りによるものだと思っているようで、怒りを鎮めるように祈っているらしかった。

神様の名前は固有名詞のため、翻訳し切れないでいる。耳を澄ませてみると、やたらと複雑な発音をする単語をしきりに発しているので、それが神様の名前なのだろう。

僕達が使っている日本語には無い響きをしていた。

「最近は、頻度が多いのです」

マーヤは、重い口を開いた。

「今みたいな地震が？」

「はい。神殿にある歴代の巫女だけが読める予言書に、近々、都市に災厄が訪れると記されていたのです。恐らく、その予兆かと」

「災厄？　やばいじゃん！」

加賀美は顔を青ざめさせる。

「ええ。私としても、対策が出来ないかと思っておりまして」

マーヤは、神殿に集まる地底人達のことを心配そうに見つめた後、僕達を裏口と思しき出入口から、神殿の中へと案内してくれた。

中では、マーヤと似たようなローブを纏った地底人達が、せわしく走り回っていた。神官や司祭だろうか。その中の一人は、マーヤを見つけるなり、すがりつくように駆け寄ってきた。

「マーヤ様！　今の地震で、住民達が……！」

「分かっております。今宵は、彼らの不安を鎮めるために集会を行いましょう。恐怖を感じた者達が寄り集まれるように。被害はどれほどのものですか？」

「三棟ほど、土を被った家がある程度ですね。怪我人などの報告はありません」

「それは何よりです。皆さんがご無事なのが一番ですから」

マーヤは胸を撫で下ろした。

「因みに、そちらの者達は？」

神官と思しき地底人は、鼻をひくひくさせる。

マーヤは、「知識人達です」と短く紹介し、僕達をさっさと応接室に案内した。

応接室は広く、白亜の石で作られたテーブルに、白亜の石で作られた椅子がずらりと並んでいた。

座ったら硬そうだとか、お尻が痛そうだと思ったものの、実際に腰を下ろしてみると、意外としっくり来ていた。

「石の割には、座り心地が良いっていうか……」

「椅子は、滑石で出来ているものと判断した」

マキシは、椅子に触れながらそう言った。

「滑石？」

「硬さを示すモース硬度は一という、柔らかい石だ。加工がし易く、印鑑などに用いられる」

「ああ、あれか！」

印鑑に使われている石を思い出す。確かにあの石は、石の割には優しい感触で、やけに手に馴染むと思っていた。

上座の方には、コンパクトにまとまった祭壇があった。目を凝らして見てみると、そこには、厳つい顔をした異形の彫像が置かれているではないか。

「うわっ、あれは……」

長い首を何本も持つ怪物は、ヤマタノオロチのようだ。全身は強烈な赤と橙で塗られており、神様というよりは禍々しい邪神だ。

「こちらが、私達の神様です」

マーヤは神様の名前も教えてくれたけど、僕達では発音出来ないほどに複雑な名前だった。

しかし、馴染みがない言語のはずなのに名前を聞くと怖気が走り、逃げなくてはいけないと本能が僕に語りかける。

「それ、本当に神様なの……？」

加賀美もまた、同じようなことを思ったらしい。タマを抱き寄せながら、警戒するように神様と呼ばれたものを見つめていた。

「はい。神様が怒ったり嘆き悲しんだりすると、地震が起き、災厄が訪れると伝えられてきました。だから、私達は神様をお慰めするよう、祈るのです」

マーヤは神様の説明をしてくれる。作物の一部も、神様のために奉納されるのだという。

「ふむふむ。成程ね。そこは、ぼく達が知ってる神様とあんまり変わらないかな。生贄なんかが必要だって言われたらどうしようかと思った」

「生贄は、母の代までありました」

「あったの⁉」

加賀美は目を剝く。膝の上に乗せられていたタマも、あんぐりと口を開けていた。

「しかし、母はそれを良しとせず、必死の訴えの結果、人に見立てた人形を供えることにしたのです」

「ああ、良かった……」

加賀美は胸を撫で下ろし、タマはほっと息を吐く。僕も心底安心した。

「それにしても、マーヤのお母さんは凄いんだね。お母さんにも会ってみたい気もするけれど……」

「先程皆さんとご挨拶をさせて頂いた長が、私の母です」

「ええっ！」と加賀美も僕も声をあげる。

マーヤ曰く、彼女の家系は代々、巫女を経て長になるそうだ。

勿論、その家系に生まれたからと言ってなれるわけではなく、巫女になる前に神殿に仕えて修行をし、巫女となって人々の信頼を充分に得、多くの功績を積んで長になるのだという。

「確かに、長もマーヤと同じような気品を持ってたし、納得っていうか」

加賀美は深々と頷いた。

「それにしても、君達の神は日本における荒神のようだな。災厄を擬人化し、祀り上げることで鎮めるという……」

ファウストさんは、興味深げに彫像を見つめていた。

「えっ、本当にこういう神様がいるんじゃないんですね!?」

僕は、ファウストさんとマーヤを交互に見つめる。マーヤは神妙な面持ちで、「ええ」と答え、加賀美なんかは「うわっ」と言った。

「葛城、本当にこういう神様がいると思ったわけ？」

「いや、普段だったらそういう伝承があるだけなのかなと思う程度だけど、概念の存在だって具現化するし……！」

現に、悪魔のメフィストさんはしっかり実在して、元気にご飯を作ってくれる。そう主張すると、「まあ、そうか」と加賀美は納得した。

「皆さんのところにも、同じような神様がいらっしゃるのですね。その神様の正体も、皆さんはご存じだと」

「ああ。荒神の信仰や遺された民話によって、過去にその土地を襲った災厄が分かる場合もある。歴史資料として重宝されることもあるな」

マーヤの言葉に、ファウストさんは頷いた。

「一般的に知られていることなのですね。こちらは、少し事情が違うのです」

マーヤ曰く、神様が災厄の擬人化だと知るのは、巫女の家系だけであった。必要以上の情報を与えるとパニックになるとのことで、マーヤの家系は神様の正体を隠していたそうだ。

「でもそれじゃあ、みんな、祈るだけじゃダメだって気付けないんじゃあ……」

「ええ。しかし、閉鎖的な環境では、恐怖と混乱は伝染し易いので。出来るだけ、彼らには最低限の情報を与え、最大限の安心を保証しなくてはいけないのです」

マーヤは、深刻な面持ちで答えた。

「それだと、マーヤ達の一家の負担だって……」

「それが、巫女であり長の役目ですから」

マーヤが独りで穴を掘り進めていたのは、災厄を詳しく知るヒントを探してのことだった。彼女は、近くに旧い都市が埋まっているはずだということを教えてくれた。

「母の代から、ひっそりと穴を掘って探しておりましたが、未だにその都市へ行きつくことが出来ないのです。予言の時は、刻一刻と迫っているのですが」

マーヤはうつむく。

予言も、マーヤの祖先が遺したものだった。その祖先が、旧い都市に住んでいたとのことだった。ヒントがあるとしたら、そこだろう。

何とか協力出来ないだろうか。僕の脳裏にそんな考えが閃く。

困っている彼女を、放っておけなかった。姿かたちは違えど、女の子が自らの手に肉刺を作りながら穴を掘り進め、一人で戦っていたなんて。

「僕、マーヤを手伝いたいな」

僕の発言に、マーヤはビックリしたように顔を上げた。

だけど、ファウストさんも加賀美もマキシも、タマも静かに頷いた。

「うむ。厄災の正体も気になるしな。それに、カズハ君達の世界との繋がり方によっては、無視出来ないものになるかもしれん」

「あと、困ってる女の子を放っておけないしね」と加賀美は頷く。

「手を貸すことに異論はない」とマキシもまた同意し、「くるっくるぅ！」とタマは元気に鳴いた。

満場一致だった。マーヤの小さな瞳が潤み、宝石のように輝く。

「皆さん……。お心遣い、有り難う御座います……」

「まあ、無理言って都市見学をさせて貰ったしね。穴掘りの手伝いくらいは出来るかなと思って」

僕は、妙に照れくさくなってしまった。「わー、葛城が照れてる」と加賀美は僕をからかう。

「本当は、私達が抱えている問題へのヒントも得られないかと思ったのです」

マキシのことを知りたいというのは、半分は本当で半分は口実だったそうだ。地上の住民である僕達との会話から、災厄を避けるヒントを得られないかという狙いがあったのだという。彼女は情報を聞き出すのが上手いので、さり気なく進めるつもりだったのだろう。

それは、彼女が常に孤独に戦ってきたから。声をあげて人を頼るという選択肢が、無かったのかもしれない。

「すいません。皆さんがこんなにも頼もしく、協力的な方々だなんて思わなくて」

マーヤは深々と頭を下げる。

僕達は、彼女に顔を上げるようにと何度もお願いした。「まあ、お互いさまだし」と言いながら。

最終的に、日を改めて地底都市を再訪問することになった。

都市に入ってからすっかり時間が経っており、いい加減、メフィストさんが封鎖を解いたことに気付き、怒り心頭になっていそうだったから。

「次に来る時は、メフィストも連れて来よう。彼の知識は役に立つ」

帰りがけの洞窟にて、ファウストさんは真面目な顔で言った。

「その前に、僕達全員、メフィストさんから怒りのビンタを貰いそうですけどね……」

平手打ちで済めばいい。明日の朝食を抜かれてしまってはたまったものではない。

一歩進むごとに、地底都市が遠くなり、地上へ通じるアパートが近くなる。

ふと、背後を振り返ってみると、遥か彼方に見えるぼんやりとした明かりを背に、小さな影が佇んでこちらを見ているのが窺えた。

僕が手を振ると、あちらも手を振り返してくれる。マーヤとしばしの別れは寂しいけれど、またすぐに会えるだろう。

災厄の件は不吉だと思った。ファウストさんが言うように、僕達の現実にどれほど影響があるのかも気になった。

だけど、マーヤと会えるのは嬉しかった。この一件が終わったら、マーヤと自由に会えるようになるのだろうか。

地底都市を案内して貰ったように、馬鐘荘を案内したい。それまでに、ゲームと周辺機器が散らかっている僕の部屋を片付けなくては。

マキシ達と一緒に、食堂でマーヤとお茶をする。そんな夢想をしながら、僕は僕の現実へと戻ったのであった。

こぼれ話　奇妙奇天烈、モグラまんじゅう！

数日前の話だ。僕が、大学の前で饅頭屋さんを見たのは。

「うわっ」

大学の校門から出ると、そこには冒険家さながらの格好をした人物がいた。

中折れ帽にレザージャケットという映画か何かで見たことがある風貌の、背の高いハンサムである。

そのナイスガイが、何故かトロッコを傍らに、学校の敷地を囲む柵に背を預けていた。

しかも、僕はその人物に、見覚えがあった。

「教授……！」

「やあ、君か」

僕に気付くなり、彼は気さくな笑みをくれた。歯が白くて、笑顔が眩しい。

本人曰く、どうやら大学の教授らしく、普段は古生物学を教えているとか。どう見ても、ハリソン・フォードが演じる考古学者にしか見えないが。

馬鐘荘の住民で、僕とは一つ屋根の下で暮らしている。

「こんなところで、一体何を!?」

「見ての通り、饅頭を売っている」

「饅頭?」

一瞬、耳を疑った。トロッコに視線を移してみると、更に目も疑った。

トロッコだと思ったものは、トロッコを改造した屋台だった。

屋台の上には、丁寧にビニル包装された饅頭が、ずらりと並んでいる。心なしか、ほんのり甘い餡子の香りが漂ってきた。

「な、なぜ!?」

僕が声を裏返しながら尋ねていると、少し遅れてやって来た友人の永田が、「おっ、なに売ってんの? タピオカ?」と近づいて来た。

「そんなオシャレな物じゃないよ。日本特有のわびさびがある饅頭だよ」

「饅頭!? どうして!?」

それは僕が聞きたい。

しかし、次の瞬間、「あっ、でも可愛いじゃん」と永田はあっさり饅頭を受け入れてしまった。

「何ですか、これ。モグラ？」

「えっ？」

モグラという言葉に敏感に反応してしまう。

永田が手にした饅頭を見ると、確かに、モグラにそっくりだった。つぶらな瞳が二つ付いているし、長い鼻先も再現されている。

「どうして、モグラを……？」

つい、地底都市を連想してしまう。

しかし、地底都市のことは、僕やメフィストさん達しか知らないはずだ。マーヤとの約束もあったし、何より、情報が拡散して大事になったら面倒くさいとメフィストさんは積極的に緘口令を敷いていた。

だが、教授はニッと笑う。

「地下で暮らしていると、地中に棲む生き物に思いを馳せるようになってね。こうして、普段は見られない彼らを、みんなに知って貰おうと思ったんだ」

「あっ、成程……」

だからこそ、学び舎である大学の前で、モグラを模した饅頭を売っているのか。

僕は納得しながら、ずらりと並んだ可愛らしいモグラの饅頭を見つめていた。ご丁寧に、つぶ餡とこし餡があるらしい。

「ご覧、他にも生き物はいるぞ」

教授は、僕と永田に他の饅頭を勧めてくれる。だけど、それは何とも言えない風貌をしていた。

「なんか、生々しいピンクなんですけど……」

「肉色……だよな。しかも、歯が飛び出てるっていうか……」

その生き物は、まるで薄い皮膚が剥き出しになっているかのようだった。皮膚のたるみも妙にリアルなくせに、目はゴマ粒のように小さく、デフォルメされているようにも見えた。

「それは、ハダカデバネズミだ」

「これが!?」

僕は、ハダカデバネズミの饅頭を手にしたまま、声をあげた。

確かに、ハダカデバネズミという名前に相応しく、体毛が剝がれてしまったかのような姿だ。前脚と後脚は貧弱で、前歯の自己主張はすごい。

「主に、女の子に人気でね。一番売れているんじゃないかな」

「女子って本当に分からないなーっ！」

メフィストさんの怪しげな店にもやって来るし、女性の好奇心というのは本当に計り知れない。それとも、ちょっとやそっとのことでは、動じない肝っ玉の持ち主なんだろうか。

それは兎も角、モグラとハダカデバネズミ以外にもあるようだ。僕はそれを手に取ってみたけれど、モグラとそれほど変わりがない姿だった。

「これもモグラ、ですか？」

「それはヒミズだ」

どうやら、『日見ず』と書くらしい。

「ヒミズは、トガリネズミ目モグラ科なんだよ」

「それじゃあ、モグラ……いや、ネズミ？」

永田は首を傾げる。

「まあ、モグラの一種とも言えるだろうが、一般的なモグラと違って、ヒミズは前脚が小さいんだ」

ほら、と教授は、饅頭にくっついている前脚と思しき突起を比べる。たしかに、モグラと言われた饅頭の方が、前脚が大きく作られていた。

「ヒミズの方が、手が小さいってことは、モグラみたいに穴を掘り進められないってことですか？」

「その通り」

教授は、芝居がかった笑みを浮かべた。

「ヒミズは、堆積した落ち葉の層を利用して、そこを通り道にしている。もしかしたら、ヒミズの方がモグラよりも原始的な身体の造りと生活をしているのかもしれないな」

「それじゃあ、モグラは敢えて地下に潜ったってことっすか？」

永田は、モグラとヒミズの饅頭を交互に眺めながら問う。それを聞いて、「ああ」と教授は頷いた。

「わざわざ地下に潜るって、何ででしょうね。穴を掘るにも手間がかかるんじゃないかと思うんですけど……？」

「外敵も変化も少ないから……？」

僕がぽつりと呟くと、「よく知っていたね」と教授は賞賛してくれた。

「外敵がほとんどおらず、環境の変化が少ない。貴重な食糧を巡って争う相手がいないから、地下に潜ったと言われているんだ」

マーヤの話が頭を過ぎる。彼女の祖先も、そうやって地中の奥深くへと掘り進んだのだろうか。

「へー。地中って、人間でも行くのが難しいところじゃないですか。未だに、人間が見つけられてない生き物が沢山いるかもしれないっすね」

永田は感動のあまり、目をキラキラさせる。僕は馬鐘荘や地底都市の存在を知っているため、動揺のあまりハラハラする。

「ロマンが溢れているだろう？　そこで、モグラ饅頭はどうだい？　一つ百二十円だが、三つセットで三百円にしよう」

「えっ、太っ腹じゃないですか！　買いますよ！」

永田は教授にホイホイ乗せられて、鞄から財布を取り出している。

「まあ、確かにリーズナブルだけど……」

商売が上手くなったなぁ、と教授を眺める。

でも、教授が売り歩いていたアンモナイトパンや、カンブリアおでんはとても美味しかった。味は確かだし、僕も買ってしまおうか。

加賀美は可愛いものが好きだから、お土産にしたら喜ぶかもしれない。それに、僕も、モグラの饅頭がこちらを見つめている気がして、合わせた目をそらせなくなってしまったから。

「あの、僕も一セット欲しいんですけど……」

「よしよし。今、包むから待ってるんだ」

教授は日焼けした顔で、ハンサムなスマイルを僕にくれる。

だが、そんな教授のそばに不穏な影が差した。

「ちょっと、そこのお饅頭屋さん」

声の方を振り返ると、お巡りさんが立っていた。やたらと厳つい身体付きのお巡りさんは、ジャングルの奥地にいる筋骨隆々の先住民として現れても不自然ではないくらいだった。

「路上での販売許可は得てるのかな？」

お巡りさんの言葉に、僕と永田の表情が固まる。教授は「やれやれ」と苦笑した。

「どうやら、次の冒険が俺を待っているようだな！」

教授は素早く店をたたみ、トロッコに手をかけて地を蹴る。トロッコの車輪はアスファルトの地面を走り出し、教授はその上に飛び乗った。

「さらばだ、諸君！」

「ま、待てー！」

お巡りさんは、そばに停めていた自転車に飛び乗ると、トロッコに負けぬほどの猛スピードで追いかけて行った。

後には、饅頭一セットを手にした永田と、饅頭を買い損ねた僕が立っていた。

「一体、何だったんだ……」と永田は開いた口が塞がらないようだ。

「モグラ饅頭……欲しかった」

落胆する僕の肩を、永田はぽんと優しく叩く。

「葛城、分けてやるよ」

「永田……！」

永田が神様に見える。思わず拝んでしまいそうだ。

永田は、僕の手にそっと饅頭を握らせる。出来たてだったのか、ほんのりと温かい。

マーヤの手の温もりも、こんな感じなのだろうか。

「それにしても、食べるのが勿体無いよな」

手の中のモグラ饅頭を見つめる。だけど、そこにあったのは、つぶらな瞳で鼻が長く、前脚が大きなモグラの饅頭ではなかった。

「は、ハダカデバネズミ……！」

「なんかそいつ、見れば見るほど癖になるよな。葛城によく似てると思うぜ」

どういうことだよ、と二重の意味で叫びたいのを我慢する。

「あ、有り難う……。それなら僕は、女子にモテモテだー……」

虚しい冗談を口にしながら、明後日の方を見つめる。もし、教授が夜にアパートへ帰って来ていたら、改めて饅頭を買わせて頂こうと、胸に強い決意を秘めた。

余談だが、ハダカデバネズミの中は粒あんで、控えめな甘さの優しいお味だった。

第三話　緊急！　地底都市の危機

地底都市から帰った時のことだ。

不機嫌なメフィストさんが、最上層で僕達を迎えた。

いや、不機嫌程度ならばいい。怒りのオーラを身にまとい、長い髪を逆立てんばかりだった。

無理もない。勝手に封鎖を破って、地底都市に行ってしまったのだから。

だけど、メフィストさんに事情を説明すると、翌日の晩ご飯のデザート抜き程度で済ませてくれた。


そして今、人払いをされた食堂にて。

「荒神を抑えるために、巫女が一人で奮闘しているとは。私は悪魔なので、どちらかと言うと対立する立場なのですが、感心と同情心が湧いてきますねぇ」

「マーヤは一人で頑張ろうとしているけど、他の地底人にも伝えた方がいいと思うんです。みんなで協力し合えば、解決出来ることだってあるでしょうし」

　僕はメフィストさんに事情を説明しながらこう言った。すると、メフィストさんは小さく溜息を吐く。

「まあ、基本的にはそう考えるでしょうし、それが理想的ですよね。しかし、その都市は荒神を祀る宗教によって支えられてきたのでしょう？　それを今更覆すのは、至難の業かと」

　それこそ、パニックになるかもしれない。地上でパニックが起こっても大騒動になるのに、地下で発生したらどうなることか。地下なんて、行き場が限られているのに。

　メフィストさんの言っていることを想像し、僕は顔を青ざめさせる。マーヤが恐れていたのは、このことか。

「収拾がつかなくなったら大変だな。災厄が起きるという予言は、今回が初めてではないと言っていた。おそらく、過去の経験を踏まえて、巫女が独りで動いているのだろう」

　ファウストさんは、ノートにメモをしながら意見を述べる。

「まあ、ここ数日、気になることもありますし」

メフィストさんが意味深なことを言うと同時に、同席していた加賀美の膝の上で寝ていたタマが、がばっと顔を上げた。

「タマ？」

「ぐるるるっ」

タマは、ずらりと並んだ犬歯を剝き出しにして唸る。刹那、馬鐘荘全体が揺れた。

「わっ、地震……!?」

僕は思わず、テーブルの下に隠れる。

「最近、多いんですよ。小規模な地震活動も前々から続いておりまして。どうも、地下が穏やかではないんですよねぇ」

メフィストさんは難しい顔をした。

携帯端末で調べてみると、震源地はかなり近かった。津波の心配はないということだが、大規模な地震に繋がるかもしれないので、専門家が調査中だと書かれていた。

「大規模な地震になったら、このアパートもヤバいんじゃあ……」

「それよりも、この辺りは富士山にも影響するんじゃないですかねぇ」

メフィストさんは僕の端末を覗き込みつつ、眉根を寄せた。

「えっ、やめて下さいよ。縁起でもない……」

「まあ、仮に噴火して灰が降ったとしても、地下ならばそこまで影響がありません。幸い、備蓄もそれなりにあります。シェルター代わりにもなるわけですね」

メフィストさんは得意顔だ。このアパート、ヘンテコだけど、意外とケアが行き届いている。

「それは兎も角、今は最下層に空いた大穴の話です。あの横穴がそのままだと、馬鐘荘も先に掘り進めないですしね。私の魔力が、あの横穴に干渉出来ないようで」

「マーヤ達側から穴を塞いで貰わなくちゃいけないんですかね……。まあ、別にアパートはこれ以上掘らなくてもいい気もしますけど……」

僕は揺れが収まったのを確認すると、のそのそとテーブルの下から這い出す。そんな僕の鼻先を、メフィストさんが長い人差し指で突いた。

「私は掘りたいんですよ！　その先に何があるのかを見極めるべく、大規模な魔法を使ってアパートを生み出し、食堂のおばさんのようなことをしているんですから。目的が果たせなくなったら、全てがパーですよ！」

「いやでも、結構充実した生活を送れているような……」

メフィストさんの崇高であろう目的を果たせなくても、メフィストさんは充分、良い人生を送っている気がする。割烹着を身にまとって鍋をかき回す姿は、とても活き活きして見えたから。

そんな僕の肩を、メフィストさんは物凄い勢いで引っ掴み、血走った眼で僕をねめつけた。

「いけません！　私はアパートの美人な大家さんをするために悪魔をやってるんじゃないんですよ！」

「じ、自分で美人って……！」

メフィストさんに揺さぶられながら、僕は辛うじて抗議する。

「だが、これでメフィストにもマーヤを助ける理由が出来たということか」

黙って話を聞いていたマキシの言葉に、メフィストさんの動きはぴたりと止まった。

こほんと咳払いを一つすると、僕の身体をパッと離す。

「まあ、自分の目的のこともありますし、同じ地下の住民ですからねぇ。多少の力を貸してあげてもいいかもしれません」

「メフィストさん……！」

僕は思わず、顔を綻ばせた。

メフィストさんは魔法が使えるし、知識もあるし、ツッコミ的な冷静さもある。目的を共にしてくれるのは頼もしかった。

話を聞いていたエクサは、「ふむ」と納得したように頷く。

「潜行時間は長めに見積もっておいた方が良さそうだね。ならば、僕はまた、大家代理を務めようか」

「エクサ君は頼りになりますねぇ。後で、ちゃんとお給料を出しますから、仕事をした時間は記録しておいて下さいね」

メフィストさんは感動のあまりホロリと零れた涙を手の甲でぬぐいつつ、律儀な約束をした。

「地底都市には僕も興味があるけれど、あとでマキシマム君の情報を同期すればいいしね。それに、僕達は人の仕事をサポートするための存在だしさ」

エクサは何ということもないように、さらりと言った。そんなエクサに、マキシは顔を向ける。

「地底都市に興味があるのならば、役割を交換することは出来るが……」

「へぇ、そんな気の遣い方をしてくれるのかい。でも、地底都市の仕事はマキシマム君向きだと思うよ。カズハ君を守ってあげたり、ファウスト博士の暴走を窘めたりとかね」

「ドクトルの暴走は、是非とも止めて頂きたいですね。主に武力行使で」

メフィストさんは、物騒なことを付け加えた。

「そして、家事のように細かい仕事は、どちらかと言うと僕の方が得意だしね。あと、愛嬌もあるし、適材適所ってやつさ。まあ、お互いに最大限のパフォーマンスをしようじゃないか」

「ああ」

エクサとマキシは互いに握手を交わし合う。こうして見ると、人間のライバル同士や親友同士と変わらない。

僕達もアンドロイドも、地底人もきっと変わらない。みんな同じようにものを考えて、同じように生きている。

健気なマーヤの姿が頭を過ぎる。彼女と少しだけ話した結果、彼女は僕とほぼ同い年だということが分かった。

彼女の都市を守りたいとも思ったし、彼女の重過ぎる責任を少しでも軽くしたいとも思っていた。

マーヤの手を思い出す。僕達に比べて大きな手だったけれど、彼女の同族に比べたら華奢なものだった。

「……頑張らないとな」

僕は、決意とともに拳を固める。

僕の一番の目的は、年相応に微笑む彼女の姿を、この目で見ることだった。


翌日、マーヤとは、都市に入る前に再会する約束をしていた。

なんでも、ファウストさんが深夜にコッソリと忍び込み、マーヤに伝えに行ったという。最早、完全に忍者のそれだった。

僕とマキシ、メフィストさんとファウストさんは、馬鐘荘の最下層とマーヤの横穴が交わる地点まで向かう。

加賀美も来る予定だったけれど、何故か朝からタマが落ち着かず、宥めるためにアパートに残るとのことだった。

待ち合わせ場所では、マーヤが先に待っていた。

「ご、ごめん。待たせちゃったかな」

「いいえ。今来たところですから」

意図せず、デートの待ち合わせみたいな会話になってしまった。しかもこれでは、僕が遅れたことになるし、マーヤが気を遣って今来たところだと答えるイケメンになってしまう。

若干の気まずさを抱く僕をよそに、ファウストさんが大きな箱を持ってマーヤの前に歩み寄る。

「君のために用意した。サイズが合えばいいが」

「えっ、私のため……ですか」

マーヤは大きな箱を受け取る。なんだこれ。いい雰囲気だ。

箱は丁寧に包装されていて、マーヤは大きな手でちまちまと破く。どうやら、指先は僕達ほど器用ではないらしい。

「わぁ、すごい……」

箱を開けて中身を手にするなり、マーヤは目を輝かせた。僕は、ファウストさんが用意したサプライズを見た瞬間、目を剝く。

マーヤが手にしたのは、可愛らしいぬいぐるみでも、綺麗な洋服でもない。

ドリルだった。

「ドリルだ!?」

「小型坑道掘削機だ」

ファウストさんは、得意顔で紹介する。

「リコイルスターターを動力とした、人手で掘削するための機械だな。独りで秘密裏に掘るのには、人力よりもこちらの方が、はるかに効率がいいだろう」

「この紐を引っ張るのでしょうか……?」

ドリルを手に、彼女は付属された機械から飛び出しているロープを見つめる。「ああ、やってみたまえ」とファウストさんは満面の笑みだった。

マーヤは、言われたとおりにロープを引っ張ってみせる。すると、軽快なエンジン音とともに、ドリルが回転し始めた。

「あわわわわっ」

スターターとドリルの振動で、マーヤの小さな身体は揺れる。

「マーヤ！」

僕は咄嗟に、よろけそうなマーヤの身体を支えた。ローブ越しに触れた彼女の身体は、人間よりも少しずんぐりとしていたけれど、とても温かかった。

「あっ、ごめん！」

「大丈夫です……！　離さないで……！」

マーヤの切実な声が聞こえる。

ドリルの振動は、男の僕だって振り回されてしまいそうなほど大きい。マーヤの身体をしっかりと支え、僕が振動を少しでも吸収出来るよう祈った。

「ふむ。やはりこの振動、女性には扱いが難しかったか……」

「いいえ。やれます」

ファウストさんの言葉に、マーヤはハッキリと答えた。

彼女の身体に触れている僕には分かる。最初は振り回されるだけだった彼女が、身体を固定するために大地をしっかりと踏み締め、振動を逃がすような姿勢を探り当てたことを。

「カズハさん」

「は、はい！」

マーヤに名前を呼ばれて、思わず背筋を伸ばしてしまう。すると、マーヤはくすりと笑った。

「有り難う御座います。私、やれそうです」

「……分かった」

マーヤの身体から、そっと手を離す。

次の瞬間、彼女は「どっせぇぇぇぇ！」という雄々しい掛け声とともに、目の前の岩の壁に向かってドリルを突き立てた。

岩を削る激しい音が洞窟内に響き渡り、微弱な振動が足の裏を伝って全身を震えさせる。マーヤのドリルはみるみるうちに岩の壁を削り崩していった。

「この先に旧い都市が……？」

「はい。私と長で解析した結果、この先にあるはずなのです。岩が硬くて作業が難航してましたけど、これなら——」

ガキン、という大きな音がしたかと思うと、マーヤが削っていた岩壁の一部が崩れて穴が空いた。丁度、人が通れるほどの大きさだ。

目の前に空いた大穴を、息を呑んで覗き込むと、その先には大きな空間があった。

「もしかして、これは……」

ファウストさんがヘッドランプで辺りを照らすと、呼応するように壁と天井がぼんやりと光る。マーヤの住まう都市と似たような光なので、同じ技術が使われているのだろう。

家々も岩肌を削って作られているようだが、マーヤ達の都市に比べて洗練されておらず武骨な姿だった。放置されていたせいかあちらこちらが崩壊しているが、彼女らの祖先が作ったのだなという痕跡があった。

「ここが、旧都市……！」

マーヤは鼻先をひくつかせて警戒をする。だが、辺りはしんと静まり返っていた。

都市の中央には、ドーム状の建物が見える。マーヤはそれを見つけるなり、走り出した。

「あっ、マーヤ！」

僕達もマーヤを追う。

僕達の足音だけが聞こえる。あの背中を丸めた地底人が蠢いているわけでもなく、くぐもったような独特の声が聞こえるでもない。生活音が一切しない都市は、なんとも不気味なものだった。

廃墟の空虚な窓の向こうには、闇がある。そこから、物言わぬ存在がこちらを眺めていそうだ。

よく見れば、都市の奥はひどく破壊された痕があった。黒々としていてやけに光沢がある岩が建物を呑み込んでいる。黒々とした岩には、破壊的な意志があるようにすら見えた。

周囲の廃墟は壁や天井が崩壊しているというのに、ドーム状の屋根の建物は全く壊れていない。建物を呑み込んでいる黒々とした岩も、この神殿の一部を避けるように停止していた。

「これは、溶岩か」

マキシは黒々とした岩に触れ、呟いた。

「……私が勤めている神殿に、資料が遺されておりました。神様の怒りが、旧都市を呑み込んだのだと」

マーヤは神殿の扉に触れ、開ける方法を模索しながら話し出す。

彼女達の祖先は、或る日、神様の怒りに触れてしまった。

多くの集落があったが、怒りは全ての集落を呑み込もうとしていた。多くの犠牲者が出る中、一握りの人間が、何とか一番小さな集落の中に逃げて生き延びた。その生き残りが集落を発展させ、マーヤ達がいる今の都市があるとのことだった。

「それじゃあ、昔は今よりずっと多くの人間が地底に住んでたってことか」

僕の言葉に、「その通りです」とマーヤはうつむいた。

「私達は、長い時間をかけて増えました。しかし、また神様の怒りが来たら、きっと耐えられません」

「昔は、こういう都市がいっぱいあったんだよね……」

「そうです。ですが今は、元々小さな集落だったあの場所しかないのです……」

マーヤは扉を開けようと四苦八苦していたが、やがて、諦めたように一歩下がり、「てぇい！」とドリルで穴を空けた。破壊音とともに、僕達の前に暗いエントランスが現れる。

「巫女様も、随分と豪快になってしまいましたねぇ……」

メフィストさんは、壊された扉の残骸を眺めながら、マーヤに続いて神殿に入る。

「俺の発明を使いこなしてくれているようで、何よりだ！」とファウストさんは上機嫌だった。

マーヤは真っ先に、資料室を目指した。僕達は各々が持って来た明かりを頼りに、めぼしいものを探す。僕は携帯端末のライトで辺りを照らした。

資料というからには紙かと思ったが、象形文字のようなものが描かれている石板しか見当たらない。どうやら、紙を使うという文化がなかったらしい。

「溶岩に神様の怒り……か。最近は地震があるし、なんかこう……」

「嫌な予感しかしませんねぇ」

僕の呟きに、メフィストさんが乗る。

「万が一の時は、メフィストさんの魔法で何とかならないんですか？」

「私がそこまで万能なら、今までカズハ君が苦労することもなかったでしょうねぇ」

「ううう、確かに……」

メフィストさんは悪魔を自称しているだけあって、魔法が使える。

だけど、それには大きな制限があって、瞬間移動なんかは一日につき一回しか使えない。魔法は魔力を消費し、体力を使った時のような疲労感があるらしい。

「それにしても、ファウストさんのアプリは音声専用で、文字の翻訳が出来ませんしね。何処に何が書いてあるやら」

「私も、地上の文化であればある程度は分かるんですがねぇ。地下は文化が違い過ぎて、ニュアンスを理解するには時間が掛かりそうです」

メフィストさんは、石板の資料を見比べながら溜息を吐いた。

僕達が見つけた石板は、役立つ情報が書かれていないか、マーヤが全てチェックしてくれている。だけど、いかんせん量が多い。マーヤがチェックをするだけで、膨大な時間を消費してしまいそうだ。

「重要な資料を置いていそうな場所が分かればいいんですがねぇ」

「あ、そうか。それを優先して持って行けば、時間短縮になるかもしれませんね」

僕は思考を切り替える。文化が違うとはいえ、重要な資料を置く時の心理はあまり変わらないはずだ。

「他の資料と一緒にならないようにしたり、鍵を掛けた机に入れたり……？」

だけど、媒体は紙ではなく石板だ。

机の中に入れるには大き過ぎるし重過ぎる。では、もう少し大きくて頑丈な場所に保管するだろうか。金庫を探してみるが、見える範囲にはなさそうだ。

「うーん。いや、でもなぁ……」

「おや、何か思いついたんですか？」

「隠し部屋とか……」

「ふむ。無い話ではありませんねぇ」

「まあ、ゲームの謎解きでよくあるなぁと思っただけなんですけどね。そういうのって、こういうところにスイッチがあって……」

まさかと思いつつ、資料閲覧用と思しき机の天板の下を探る。すると、妙な感触があった。

「あれ？」

カチッという音が壁の中から聞こえたかと思うと、次の瞬間、壁が重々しい音を立てて動き出したではないか。その場にいた全員がこちらに注目する中、僕は「えっ、マジで？」と挙動不審になってしまった。

「隠し部屋が……！　カズハさん、有り難う御座います！」

マーヤは歓声をあげる。僕は、ゲームの謎解きを参考にしましたとは言えず、「えへへ……」と照れ笑いで誤魔化した。

壁の向こうには、小部屋があった。

ぽつんと置かれた机の上に、細かい装飾が施された白亜の石板が鎮座していた。他を寄せ付けぬ、神聖な雰囲気が漂っている。

「マーヤ、なんて書いてあるの？」

石板に駆け寄るマーヤに問う。

彼女はしばらくの間、石板に彫られた象形文字に指を這わせ、ふむふむと頷いていたが、やがて、顔を強張らせていった。

「予言についての詳細です……」

「近々、神々の怒りが来るっていう……」

「はい。大地の脈動の後、神々の怒りが来るだろうとのことです。脈動というのは、地震のことで、神々の怒りというのは――」

「マグマや溶岩ってことか……」

その場にいた皆が、息を呑む。

「最近起きている地震の影響で、マグマが噴出するということか？」

ファウストさんも、石板を覗き込む。

「そのようです。神々の怒りは我々の住処を焼き尽くし、地上へと突き上げて、天高く舞い上がるだろう——と」

「えっ、待って。地上へと？」

僕は目を丸くする。マーヤは、気まずそうに目を伏せた。

「はい。ここに、マグマの進路が記されています。やっぱり、ここには重要な資料が遺されていたんだ……」

重要な資料が持ち出されていなかったのは、当時の巫女が住民を避難させている際に、命を落としてしまったからであろうとのことだった。

巫女は自分の避難を後回しにし、住民を誘導していた。その所為で、避難が遅れてマグマに呑み込まれてしまったのだろうという。

では、マーヤのご先祖様は、あの黒々とした溶岩の中に眠っているのだろうか。マーヤもまたそれを想ってか、哀しげに目を伏せた。

「ふむ。果敢だが、自分の命も大事にしなくてはな。巫女がいなくなったら、悲しむ者もいるだろう」

　ファウストさんは、資料に目を通しながら言った。

「ええ、そうですね。それに、私にはまだ子供はいませんから。長も高齢ですし、巫女の家系が潰えてしまいます」

　彼女は、大きな責任を背負う巫女の顔で答えた。

「それにしても、このマグマの経路は興味深いな。マキシマム君、周辺の地形図を出力出来るか？」

「手書きならば」

「それで充分だ」

　マキシは、ファウストさんが用意した紙とペンを使って地形図を描く。

「マキシにそんな能力があったんだ……」と、僕はサラサラと描かれる地形図を眺めた。

「プリンターと接続出来る環境があれば、もう少し早く出力出来るのだが」

「いや、むしろ、手描きの方が凄いよ。ペンで描いているから味もあるし……！」

　プリンターで出力した時のような均一さはなく、ところどころでインクが滲んでいたり掠れていたりして、手描き特有の温もりが感じられた。

それは兎も角、地形図はそれほど時間を要さずに完成する。ファウストさんは、石板とそれを見比べて、難しい顔をして唸った。

「ドクトルがそんな顔をしている時は、碌でもないことを真剣に考えているか、極めて困難な事態かのどちらかなんですが、恐らく後者なんでしょうね。前者であって欲しいとこれほど思ったことはありません」

メフィストさんはぼやく。僕も、嫌な予感がして仕方がなかった。

「このマグマの進路図からして、地上でも大規模な噴火が起きるだろう。丁度、相模湾の周辺で」

ファウストさんは、眉間に皺を寄せながら不吉な予言をした。

「その噴火って、まさか……」

相模湾周辺には、大きな山がある。世界的にも有名な観光地となっているそれは――。

「富士山だ」

重々しい沈黙が辺りを支配した。

予言には、信憑性があるのだという。

マーヤ曰く、過去のマグマ侵入も予言されていたもので、それがあったからこそ一部の住民が助かったのだと主張した。ファウストさんも、マグマの経路図があまりにも具体的で、説得力があると言った。

メフィストさんは、最悪だと言わんばかりに眉間を揉む。

「まさか、物質世界の富士山と繋がってしまうとは」

「でも、馬鐘荘はシェルター代わりになるって……」

「あの時は、それほど現実味があるとは思ってませんでした。確かに、馬鐘荘の備蓄はありますし、灰から身を守ることも出来ますが、周囲の影響が無いとは限りませんからねぇ……」

富士山の噴火については、テレビ番組でシミュレーションをやっているのを見たことがある。

富士山噴火の影響は大きく、東京にも灰が降り注ぎ、流通を麻痺させ、人々の生活を確実に脅かすという。何としてでも避けたい災厄の一つであった。

「みんなに報せないと……！」

「私もそうしたいところですが、信じて貰えますかね。アパートで地底を掘り進んでいたら地底人に会い、富士山が噴火することを予言されたので、みんなで避難した方がいいという話が」

「……いや。最早、嘘つきだと怒られるのを通り越して、正気を疑われるか、優しく宥められるかっていうレベルですね」

地底人が登場する前の段階で、話がぶっ飛び過ぎている。僕が聞く側の立場ならば、二度聞きどころか三度、四度と聞き直してしまいそうだ。

「ならば、俺達だけでどうにかするしかないと判断した」とマキシは言った。

「確かにそれしかないんだろうけど、相手が悪すぎる……」

富士山の噴火を防ぐには、マグマをどうにかしなくてはいけない。マグマをどうにかするには、地震を止めなくてはいけない。地震はプレート同士が動き合った時に生じるものだから、相手は地球か。

地球の脈動をどうにかするなんて、不可能だ。

「……解決策は、あります」

石板に視線を落としていたマーヤが言った。

「えっ、本当に……!?」

「マグマの進路を変えればいいのです。そうすれば、私達の都市が守れます。その結果、フジサンも噴火せず、地上も守れるでしょう」

「理屈はそうなんだけど、それすらなす術もないっていうか……」

「方法は、ここに記してあります。ご先祖様も、それを利用して避難先を辛うじて守ったようです」

「マグマの進路を変える方法が……ある？」

「しかし、実行に移すには問題がありますが……」

マーヤは困ったように目を伏せた。

彼女の話は、こうだった。

彼女の祖先が作った仕掛けをマグマの通り道に設置し、作動させれば、マグマは富士山ではなく海底火山へと流れて、海底で噴火が起こり、地上にあまり影響を及ぼさずに済むという。

そして、マグマの進路さえ変われば、マーヤ達の都市も守れる。

だが、問題というのは、その仕掛けをマグマの通り道になると予想されている場所に、マグマが来る前に設置しなくてはいけないということだった。

それに、残っている装置もかなり古いため、正常に作動するか分からないらしい。

「装置は具体的に、どのような作用を及ぼすんだ？」

ファウストさんは、興味深げに尋ねる。

マーヤは石板に視線を落として内容を確認すると、「こちらです。説明するよりも、見て頂いた方が良いかと」と僕達を案内した。

白亜の神殿の中を、五人の影が小走りで行く。

よく見れば、床は所々がすっかり土に埋もれ、マーヤが勤めている神殿のような美しさは、遥か昔に拭い去られていた。

マーヤは、厳重な鉄の扉の前に来たかと思うと、隠し部屋から持って来たと思しき鍵を使って、その扉を開いた。

重々しい音を立てて、扉が開かれる。その向こうは広い空間になっていたが、壁は灰色で圧迫感があった。

倉庫のようだが、神殿の施設というよりも武器庫のような雰囲気だ。

「これが、その装置とのことです……」

マーヤは神妙な面持ちで、鈦の棚に並んだ五つの鈍色の装置を指し示す。

真っ先に表情を強張らせたのは、マキシだった。

「これは、ダイナマイトの一種か……！」

「成程。爆発物によって地形を変えて、マグマを誘導するということか」

ファウストさんは興味深げに装置を眺める。しかし、決して触れようとはしない。

好奇心旺盛なファウストさんが触りたがらないなんて、相当な代物なのだろう。

「いやはや。合理的ですが、強引ですねぇ」

メフィストさんは、一歩下がった。

「爆発の規模や装置の仕様は、石板に記してあります。それをもとに、設置場所を計算する必要がありそうですが」

「ならば、俺がやろう」

ファウストさんは、真っ先に手をあげた。

「マキシ君も、手伝ってくれるな？」

「ああ」とマキシも頷く。計算ならば、この二人の得意分野だ。

「だけど、こんなものまで用意出来たのに、前回はどうして都市がほとんど呑み込まれてしまったのかな……」

僕が遠慮がちに問うと、マーヤは哀しそうに顔を歪ませた。

「全ての都市を救える数を設置するには、人手が足りなかったようです。神様の真実を知るのは、巫女の家系だけですから」

「じゃあ、設置出来るのはほんの一握りの人間ってことか……」

マーヤは、僕の言葉に頷く。

「でも、今回は皆さんがいますから。巻き込んでしまったことは、申し訳ないと思いますけど……」

「ううん。僕達も地上を守るためでもあるし、それに――」

「それに？」とマーヤは首を傾げる。

「マーヤのことを、放っておけなかったから」

「カズハさん……」

マーヤはつぶらな瞳を見開く。

「マーヤはもう、大切な……友達だからさ。だから、マーヤに手を貸したいんだ」

「ふふっ……。そう思って頂けるのは、本当に嬉しいです」

マーヤは笑みをこぼす。とても、自然な微笑みだった。

その姿があまりにも可愛らしくて、僕は思わず目をそらす。

「ほほぅ……」

視線の先には、ニヤニヤしているメフィストさんがいた。

「な、なに笑ってるんですか」

「いいえ。カズハ君が青春しているなぁと思いまして。カオルさんがいないのが残念でなりません」

「ど、どうして加賀美が出て来るんですか。そういう関係じゃないって言ったじゃないですか……！」

「それは、一緒にこの状況を楽しめるからです」

メフィストさんは、人の悪い笑みをにんまりと浮かべる。

「よし、そうと決まれば、装置を設置しに行こうではないか！」

むず痒い雰囲気を、ファウストさんがぶち壊してくれた。

「えっ、計算は？」

「もう出来た！」

ファウストさんはマキシとともに、何やら数式がやたらに書かれた紙を見せてくれた。成程、全く分からない。

「マーヤ君！　マグマがやって来るのはどのタイミングだ」

「今回の震源地で地震が発生してから、百回目の地震が発生した時になりますね」

「ふむ……。なかなか判断に困るな。微弱な振動も含まれるのだろうか」

「私達は、地震計という計器を持っているので、それがカウントした数になるのではないかと」

　マーヤは、地震計とやらを見せてくれた。腰にぶら下げた、ペンデュラムと懐中時計を混ぜたような装置で、文字盤には八十二と記されているとのことだ。

　これは地震が発生した回数だそうだ。もうすでに、八十二回もカウントされている。

「もう、時間がないぞ……」

　僕は息を呑む。

　もし、装置の設置が間に合わなかったら。設置できても、万が一、装置が作動しなかったら。そして、このまま地底世界にいたら、僕もマグマの流入に巻き込まれてしまうかもしれない。

だけど、馬鐘荘に戻るか地上にいれば、少なくとも、マグマに巻き込まれることは無いだろう。

そんな考えが過ぎるものの、僕は首を横に振った。

「時間がないけど、まだマグマは来てない……。頑張らなきゃ」

「カズハさん……」

マーヤは心配そうな眼差しで見つめる。

まさか、それほどまでに時間が無いとは思っていなかったようで、地震計と僕達とを交互に見つめていた。

そして、意を決したように頷く。

「皆さん、これ以上は我々の問題です。危険が伴いますし、皆さんは地上にお帰り下さい。そうすれば、万が一の事態は避けられるはずです」

設置の途中で、マグマに呑み込まれる可能性は避けられるということか。でも、僕は首を横に振った。

「……いや、僕はここに残る。たとえ危険でも、マグマを何とかしたいという気持ちと、マーヤを助けたいという気持ちは変わらないから」

僕は笑ってみせる。

そんな時、足元から、微弱な振動が伝わって来た。マーヤの地震計が次の数字を刻んだのを見てしまう。

だけど、僕は退かなかった。独りで戦おうとする女の子を、地底に置いて帰るわけにはいかなかった。

「カズハさん、有り難う御座います……」

マーヤは深々と頭を下げる。

「ううん。こんな冒険、なかなか出来ないしね」

「よく言った！」

ファウストさんが、僕達の間に割って入った。

「滅多に出来ない体験こそ、無二の宝だ！　安全よりも冒険！　それで命を落とすのも本望だな！」

「命は落としませんよ!?」

僕は目を剝いて抗議した。

「まあ、地底世界と馬鐘荘は繫がってますからねぇ。この辺りがマグマに巻き込まれたとしたら、うちにも影響があるかもしれません。私も力を貸しましょうか」

メフィストさんは、主にファウストさんを遠巻きにしながら言った。

「マキシは……」

僕は、マキシの方を振り向く。すると、マキシは平然とした顔でさらりと答えた。

「人の役に立ち、カズハを守りたい。それが俺の望みだ」

「マキシ……！」

満場一致で、マーヤの手伝いをすることになった。マーヤは何度も、「有り難う御座います」と頭を下げてくれた。

「礼なら、全てが終わってからにしたまえ。さて、これからが正念場だぞ！」

ファウストさんは、マキシと共に遺された装置を点検することにした。いざ使う時に、ちゃんと作動するようにと。

その間にも、地震は起きていた。マーヤの地震計は、刻一刻とマグマ噴出の時間が迫っていることを示していた。

「因みに、カズハ君」とメフィストさんは唐突に尋ねる。

「はい？」

「貴方の覚悟は立派ですが、お時間は大丈夫なんです？　後は、我々に任せて頂いても構いませんけど」

　メフィストさんに言われて、僕は改めて携帯端末を見やる。すると、なんと時計が深夜を指しているではないか。明日も平日で、大学の講義は普通にある。

　ファウストさんがメンテナンスをしている装置を見やり、マーヤが持っている設置場所の地図を確認する。設置場所は合計五か所。地震は既に、九十回に達しようとしていた。

「いや、講義なんか二の次ですよ。講義を受けてたって、マーヤ達の都市も富士山周辺も守れないですし」

「愚問でしたね。失礼」

　メフィストさんは苦笑した。僕はこっそりと、友人の永田に明日の講義のノートを貸して貰うべく、予約の連絡をした。

　そんなことをしているうちに、それぞれの準備が終わった。

「よし、メンテナンス完了だ」と、ファウストさんは五つの装置を前にして得意げに笑った。

「私も、皆さんの分の地図を作り直しました。洞窟は複雑で、中には水没していたり、岩盤が崩れていたりする区域もあるかもしれません。全ての場所に、私が同行出来ればよかったのですが」

マーヤは申し訳なさそうに、粘土板に彫った地図を僕達に手渡してくれる。

マーヤが丁寧に彫った地図に触れると、固まった砂が指先を撫で返してくれた。指先の感触で地図を読み取れるので、暗い場所でも迷わなそうだ。

「大丈夫。この地図を御守りにするからね。何とかなるさ」

「カズハさん、優しいんですね」

マーヤは目を細めて顔を綻ばせ、静かに僕に歩み寄る。彼女の優雅な仕草に見とれていると、彼女は大きな手でそっと僕の手を包み込んだ。

「どうか、皆さんが無事でいられますように」

マーヤの手は温かい。僕達と同じ、生きている哺乳類特有の温もりだ。心臓が高鳴り、「が、がんばりマス……」とぎこちなくなってしまった。

それから、僕達五人は、装置を手にしてそれぞれの担当の場所へと赴くことになった。

旧都市の先へと伸びていた洞窟をひたすら歩く。延々と続く道を、黙々と。

この道は永遠に続くのかと錯覚する頃になって、五つに分かれた道が姿を現した。

各々のルートへ行くべく別れる直前、マキシは声を掛けてくれた。

「俺とカズハの設置場所は近い。万が一のことがあったら、叫んでくれ」

「うん、分かった。どうしてもっていう時は、頼りにさせてもらうよ」

「それでいい」

マキシは頷く。そして、ファウストさんもまた、担当する洞窟へと消える直前に声を投げる。

「因みに、装置は爆発物だから、叩いたり落としたりしたら爆発するぞ！　岩盤を吹っ飛ばすくらいだから、マキシマム君以外は粉々だ！」

「ヒエッ！」

僕の声は思わず裏返ってしまう。都市や地上以前に、まず、自分を守らなくては。

僕は、おっかなびっくり進む。僕が進むべき洞窟は、平坦なものだった。

手順はこうだ。マーヤが記した地図を頼りに、装置を指定の場所に設置して、その先にある広場で集合する。マーヤは全員が揃ったのを確認し、起爆スイッチを押すとのことだった。

装置が爆発すれば、設置した場所の地形が変化する。それにより、マグマの進行方向を変えて、地底都市への流入と富士山の噴火を防ぐということだった。

つまり、起爆までの手順をマグマが来るまでに終えなくてはいけない。

だが、マーヤの地震計は既に九十一回を示していた。マグマが込み上げてくるという、百回目の地震まで、もう時間がない。

「早くしないと……」

携帯端末のライトを頼りに、地下水で湿った洞窟を往く。何度も滑りそうになったけれど、壁に張り付いて難を逃れた。

「確か、この先に……」

平坦な道の先に、少しだけ盛り上がっている場所がある。そこに装置を設置すれば、僕の仕事は終わる。

足元が大きく揺れた。九十二回目の地震だ。足の裏から、突き上げるような感覚がする。これはいよいよ、危険なのではないだろうか。

だが、ここまで来たからには、やり遂げなくては。臆病風に吹かれる自分を奮い立たせて、前を見つめる。

そこには、平坦な道があるはずだった。だが、あったのは壁だった。

「えっ！」

いや、崩落した岩盤だった。垂直に立ち塞がっていて、まるで壁のようになっていた。

だけど、完全に道を塞いでいるわけではない。よく見れば、人一人が通れるくらいの隙間がある。

一瞬、マキシを呼ぼうかと思った。だけど、タイムリミットはあと地震八回分だ。

マキシの設置が遅れてしまっては、意味が無い。

「行ける！」

僕は自分に言い聞かせる。

崩落した岩盤には、所々に掴み易そうな岩が飛び出ていた。ロッククライミングの要領で、上に登ることは出来るだろう。ロッククライミングなんて、やったことないけれど。

装置を左手に持ち、右手で岩を掴む。だが、右手はぷるぷる震え、九十三回目の地震が起きた瞬間、岩を手放してしまった。

「うわっ、駄目駄目！」

とっさに装置を庇い、尻から着地する。大変痛い。尻が横にも割れそうだった。

「くそっ……！　片腕じゃ無理か」

自分と装置を支えることも出来ないなんて。

でも、嘆いていても何も進まない。僕は上着を脱ぐと、装置をそっと包み込む。そして、上着の袖を利用して背中に括りつけた。

これで、両手が空いた。名付けて、おんぶ紐作戦だ。

「チクショー！　ゲーム廃人の力を見せてやる！」

両手両足を使って、ヤモリのように岩に張り付いた。

右手が疲れる前に左手で次の岩を掴み、左手が疲れる前に右手で次の岩を掴む。無我夢中になって上ると、いつの間にか頂上までやって来た。

「へ、へへ……。意外とロッククライミングの才能があるかも」

自分で言って、そんな馬鹿なとツッコミをする。ちょっと登っただけで、肩で息をしているし、汗だくだ。

崩落した岩場の隙間を這うようにして進めば、その先は何とか無事だった。岩場から降りると、マーヤの地図に示された地形と、目の前の地形を見比べる。

「よし、ここだ」

背中に括りつけていた装置を下ろし、指定された通りに設置する。

「お前が、マーヤの都市の救世主の一人になるんだぞ」

頑張れよ、と装置を激励して、その先にあるという広場を目指した。

道は狭く、ねじ曲がり、上り勾配の傾斜がきつかったけれど、九十四、九十五回目の地震を感じながら、急ぎ足で向かった。

振動は大きくなっている。大地が怒り、吼えているのかと思うほどだ。これが神様の怒りの声だと思い、神様を鎮めるために神殿を作って祈りを捧げている地底人の気持ちがよく分かる。

怖い。

突き上げるような振動が足の裏を襲う。地上にいる時よりも、ずっと間近に感じた。

それこそ、壁や床一枚隔てた先で、マグマが流れているようだった。

足早に向かう坂道の先に、ちらほらと明かりが見えた。マーヤ達だ。

「お待たせ！」

「カズハさん、ご無事でよかった！」

マーヤの安心したような声が、素直に嬉しかった。既に、マキシもメフィストさんも、ファウストさんも集まっている。どうやら僕が最後だったらしい。

「遅れてすいません。でも、ちゃんと設置してきました……」

息を何とか整えつつ、敬礼なんてしてみせる。

「問題はなかったようだな」とマキシは安堵したように頷いた。

「いや、ちょっとあったけどね。でも、何とかなった」

「それは何よりだ」

マキシの顔が、僅かに綻んだように見えた。微笑んでくれたのだろうか。

「皆さんお揃いですね。ここならば、なんとかマグマを回避出来ると思うのですが」

マーヤは、大きな手で指し示す。

僕達がいる場所は、テラスになっていた。恐らく、マグマはその下を流れるだろうとのことだった。

そして、そのまま流れていくと、地底都市を巻き込み、富士山から噴出するという。

「私達が設置した装置は、この下になります。装置が全て作動すれば、進路からそれて海底火山へと向かいます。もし、一つでも作動しなかったら……」

マーヤの地底都市もマグマに巻き込まれ、富士山が噴火して多くの人間に影響を及ぼす。絶対に、失敗は出来ない。

「うわっ……！」

九十六回目の地震が起きる。マーヤがよろけそうになったので、僕は咄嗟に支えた。

「あっ、すいません……」

マーヤは慌てて離れようとする。その時、僕は気付いてしまった。彼女が、僅かに震えていることに。

マーヤもまた、己を奮い立たせて気丈に振る舞っているのだろう。僕は、彼女の大きな手をそっと握った。

「大丈夫」

「カズハさん……」

「万が一のことがあっても、みんなで何とかすればいい」

「……そう、ですね。皆さんのお陰で、ここまで来られたわけですし」

マーヤの震えが治まったのを確認すると、僕は静かに手を離す。

彼女は「有り難う御座います」と微笑むと、もう片方の手に持っていた起爆スイッチを押した。

ドドドドドッと凄まじい音が鳴り響き、地下全体が揺れる。最早、地震なのか装置によって地形が変化しているのか分からない。

耳を澄ませると、地底のあちらこちらで落盤が起きたような音が聞こえた。一か所、二か所、三か所、四か所、五か所と頭の中で数える。

「全て、正常に作動したようですね……」

マーヤもまた、耳を澄ませて数えていたらしい。一同で安堵した瞬間、世界が大きく揺れた。

「最大級の地震を感知……！」

マキシは目を見開く。マーヤの地震計は、百をカウントしていた。装置を作動させている間、連続した地震が起きていたのだ。

「皆さん、こちらに摑まって！」

マーヤはテラスになった岩場の奥に、出っ張った岩があるのを見つけ、その場にいる皆を促す。全員がテラスの縁から退避した直後に、真っ赤なマグマが目の前から噴き出した。

「うわぁ……」

熱い。離れているのに、表皮が焼けてしまいそうなくらいだ。

マーヤは、祈るような表情でマグマの行き先を見守る。僕も、知っている限りの神様と仏様に、成功するようお祈りした。

マグマはテラスの下にある空間を蹂躙し、その先へと手を伸ばす。しかし、マーヤ達の都市の方向へと伸ばされたそれは、行く手を阻まれた。

「よしっ」

ファウストさんがガッツポーズをする。

マグマは、爆破によって出来た穴へと吸い込まれるように消えて行く。マーヤとマキシはずっと無言でいたが、やがて、口を開いてこう言った。

「溶岩の進路は、都市から逸れていったようです」

「音により、マグマが爆破によって変更された進路を、すべて通過したのを確認した。

作戦は成功と言える」

「やった！」

僕は諸手を挙げ、メフィストさんは「やれやれ。これで一先ずは解決、ですね」と息を吐いた。

「では、早く戻らなくては。このままでは、私達も蒸し焼きになってしまいます」

マーヤはテラスの奥から伸びる洞窟へと、僕達を促す。

確かに、サウナ以上の暑さだ。燻製になる前に避難しなくてはいけない。

通路へと向かう途中、僕は濁流のごとく流れるマグマを振り返る。燃え盛るマグマは恐ろしかったけれど、赤やオレンジに光り輝く姿は美しいとも思った。

「あれは、地球の血液のようなものだ」

マグマを眺める僕に、ファウストさんは言った。

「地球の、血液……」

「地球の力は大きい。俺達にとって、血液の循環すら脅威だ。だが、あの中には俺達の健康と生活を支えるミネラルが多く含まれている。冷えて固まれば、その恩恵が受けられるということだな」

「ええ。私達の文化も、この星の血液から育まれています。感謝をしなくては」

地下に住まい、鉱石を採掘して生活をしているマーヤは、祈りを捧げるようにマグマに頭を垂れる。

「そういう意味では、やっぱり神様なのかもしれないね」

時に災厄を齎し、時に恩恵をくれるマグマにして地球の血液に、僕も祈りを捧げたのであった。


マーヤに導かれ、僕達は上り勾配の洞窟を往く。

話によると、彼女達のご先祖様が作った道のようで、彼女自身も何処に出るのか分からないという。

「過去の長が、地上に出るために作った道のようなんですけど」

「えっ、地上に通じてるの？」

「ええ。ただ、皆さんが住んでいる場所からは、ずれてしまうかもしれません」

「まあ、既に池袋からかなり離れている感じもするしさ、それくらいなら構わないけど……」

「けど？」

マーヤがつぶらな瞳でこちらを見つめる。僕は、口ごもってしまった。

地上に出たら、マーヤとお別れになってしまう。その後、僕達は会えるのだろうか。それとも、もう二度と会えないのだろうか。

会えないかもしれないと思うと、心がギュッと締め付けられた。

「マーヤ……」

彼女の気持ちを聞いてみよう。

そう思った、その時であった。

「おお！　トロッコがあるぞ！」

ファウストさんは目を輝かせる。道の先には、何台か連結されているトロッコが放置されていた。先には線路がのびている。

「採掘の時に使っていたんでしょうかねぇ」

メフィストさんが通り過ぎようとすると、ファウストさんが後ろ髪を掴んだ。

「いたっ！　何するんですか！　これは立派な、ドメスティックバイオレンスですよ！」

「メフィスト。このトロッコ、座席があるぞ」

「は？　遊園地のアトラクションじゃあるまいし」

メフィストさんは胡乱げな眼差しでトロッコの中を覗き込むが、「げぇっ！」とカエルを潰したような声を出した。

確かに、座席がある。木で作られているので、座り心地が物凄く良さそうとは言えないが。

「これに乗ると、地上に早く着くと書かれていますが……」

マーヤは、トロッコに添えられた看板を指でなぞりながら、躊躇いがちに言った。

「どうも、碌でもないことになりそうですねぇ」

メフィストさんは眉間を揉む。しかし、ファウストさんに腕を掴まれ、トロッコの中に引きずり込まれた。

「なっ、ドクトル!?」

「何事も体験だ！　乗ろうではないか、メフィスト！」

「嫌ですよ！　碌でもないことになるくらいならば、私は疲れる方を選びます！」

「まあ、そんな遠慮するな」

「遠慮なんてしてません！」

メフィストさんは必死に抵抗するが、細身のメフィストさんと、死人なのになぜか筋骨隆々のファウストさんでは、勝敗は見えていた。

「僕達も乗る？」と僕はマキシに問う。

「カズハが乗るのならば」

「マキシの意見を聞きたいんだけど……」

「俺は人間ほど疲労しない」

「あ、そうか……」

マキシの言葉に納得し、僕もここは便乗させて貰う。マーヤは全員が乗ったのを確認すると、トロッコのすぐそばに設置されていたスイッチに手を伸ばした。

「あれ？　マーヤは乗らないの？」

「私は、ここでお別れです。後は、そのトロッコが導いて下さるはずですから」

「でも……」

地上直前まで、一緒にいられると思ったのに。

僕がそう言おうとすると、マキシが、僕達が乗っているトロッコを指さす。よく見れば、座席は四人掛けだった。

やっぱり、歩いて地上に向かおうか。一瞬だけ、そう思ってしまう。

だけど、マーヤはそれを見透かすかのように、首を横に振った。

「名残惜しいのですが、皆さんと長くいればいるほど、別れが辛くなってしまうので」

「マーヤ……っ」

マーヤは微笑む。その笑顔は、美しくて眩しかった。

「皆さん、有り難う御座いました！　皆さんのことは、都市を救ってくれた英雄として、私が住民達に伝え、代々語り継ぐつもりです」

「お元気で」とメフィストさんは笑みを返す。

「まだまだ調べ足りないからな。また、君達の住処に行くぞ！」とファウストさんは宣言する。

「また」と、マキシは短くも再会を願う挨拶を交わした。

そして、僕は――。

「カズハさん。私を勇気づけて下さって、有り難う御座いました」

「そんな……。大したことなんて、してないのに」

「貴方にとって大したことでなくても、私にとっては大いなることなのです。お陰様で、異文化との交流を積極的に行う決心もつきました」

住民のことがあるので、実行に移すのには時間が掛かるかもしれない。だが、彼女は確実にやり遂げると宣言した。

「それでは、いつか、また」

「また――！」

マーヤは手を振り、僕もまた、手を振った。彼女の笑顔は、穏やかなものだった。だけど、そんな姿も、視界が急に滲んで見えなくなってしまった。

「あっ……」

涙が頬を伝う。マーヤに見せまいと顔を覆おうとしたその時、マーヤはトロッコのスイッチを押した。

車体が激しく揺れ、「おぅふ！」という自分の間抜けな叫び声と共に涙が空中を舞う。次の瞬間、トロッコは勢いをつけて走り出した。

「う、うわあああああ！」

線路の先は下り勾配だった。ジェットコースターの勢いで疾走するトロッコに、僕はしっかりとしがみつく。下り坂が終われば、上り坂に急上昇する。
最早、ジェットコースターだった。マーヤとの別れを惜しむどころではない。振り落とされず、生きて帰れるかという話になって来た。ガタつく線路の上を全力疾走するトロッコの上で、僕はあらゆる神様と仏様に再度祈る。

ちゃんと生きて地上に辿り着けますように。

ようやくトロッコが止まったのは、それからしばらくしてのことだった。トロッコは行き止まりの前で減速し、きっちりと停止する。

線路が途切れたその先には、鉄で出来た梯子があった。

「もう、ここが何処でもいい……地上の空気を吸いたい……」

一体、どれほどトロッコに乗っていたのか。僕は一生ここから逃れられないのではと思うくらいだったのだけど、実際は短時間だったのだろう。

トロッコから降りるものの、足元はフラフラだし、お尻は痛い。帰ったら、痔になっていないか確認しなくては。

長い梯子を、マキシにお尻を支えられながら何とか登り切る。

梯子のつきあたりにあったマンホールのような蓋を開けた瞬間、世界は光で溢れた。

「わぁ……」

新鮮な空気だ。

遠くから、人の声がする。涼しい風が頬を撫で、潮の香りもした。

「えっ、潮の香り？」

僕は身体の痛みも忘れて、慌てて地中から這い出る。

僕達が出たのは、神社の境内の一角だった。どうやら高台にあるようで、海を一望出来る。その海には、見覚えがあった。

「現在位置は、神奈川県藤沢市の江ノ島だな」

「江ノ……島？」

そうだ。観光案内や、今日のお天気の映像で見る風景ではないか。

「まあ、富士山と江ノ島は繋がっていると言いますしねぇ」

メフィストさんは納得顔だ。

「ふむ。トロッコでやって来たから、大して探索が出来なかったな。また、来た道を戻ろうか」とファウストさんは恐ろしいことを言っていた。

「今日の講義、遅刻して行こうと思ったけど、休もう……」

太陽は高く昇っていた。頭上では、トンビが鳴く声がする。

講義はもう始まっているだろう。だが、池袋までは遠すぎる。

江ノ島は、観光客で賑わっていた。カップルが手を繋いで仲良く歩いている。

そんな平和な景色を眺めながら、僕はしばしの間、右手に残るマーヤの手の感触を思い出していたのであった。


地底都市から帰還して、一週間が過ぎた。

あの日の午前中、海底火山の噴火により少し大きな地震が起きたものの、大した被害もなく、大半の人が変わらぬ日常を過ごしたという。

エクサはマキシの記録と同期して、僕達の冒険譚を追体験していた。「無事で何よりだよ」と微笑む彼の隣では、加賀美が「いいなー」とふくれっ面だった。

因みに、タマは少し大きな地震が起きてからは、すっかり落ち着いた様子だという。

きっと、災厄の気配を感じ取っていたのだろう。野生動物は、直感が鋭いという。恐竜だって、多分同じだ。

　そして、アパートの地下階段から地底都市に繋がる穴は、いつの間にか消えていた。

　というか、メフィストさんが以前のように一時的な封鎖をしたら、翌日は最下層が更に下へと伸びていて、封鎖した箇所は消えていたのだという。

「微妙な加減で交わっていたのでしょうね」と、あのメフィストさんが狐につままれたような顔をしていた。

　ファウストさんも、地底都市の探索を諦め切れずにいたようで、馬鐘荘に帰ってきた後も、ふらりと江ノ島に出向いたらしい。しかし、件のマンホールから忍び込んでも、下水道に辿り着くだけだったという。

　まるで、夢の中の出来事だ。

　平穏な休日の午後、僕は自室でネットゲームをやりながら、マーヤのことを思い出していた。あれは、僕達が見ていた幻だったのではないかとすら思う。

　そんな僕の背中に、「カズハ」と声がかかる。マキシの声だ。部屋の扉越しに聞こえて来たらしい。

「入っていいよ。鍵、掛かってないし」

「失礼する」

マキシは、小包を手にして入って来た。「どうしたの、それ」とコントローラーを握り締めたまま問う。ネット通販では、何も頼んでいなかったはずだ。

「お前宛に来ていたそうだ。開けるぞ」

「あっ、ご、ごめん」

両手が塞がっていた僕に気を遣ってか、マキシは手に内蔵されたナイフで、小包を手際よく開梱する。中から出てきたものに、僕は思わずコントローラーを床に落としてしまった。

「これは……！」

粘土板だった。

送り状を見てみると、消印は江ノ島になっていた。宛先には、東京都豊島区池袋の馬鐘荘という大雑把なものと、僕の名前が書いてある。とてもぎこちない字で、辛うじて読めるくらいだ。

そして、小包に入っていた粘土板には、こう書かれていた。

「『ありがとう』……」

日本語で、確かにそう書かれていた。その下には、象形文字のような記号が添えられていた。

「マーヤだな」

マキシは粘土板を見つめて、そう言った。添えられた記号は、彼女の名前を示すものとして使われていたと教えてくれた。

「元気そうで、良かった……」

粘土板を、ギュッと抱きしめる。しっかり固められた粘土板は僕の腕の中でびくともせず、やんわりとした砂の感触だけを返してくれた。

僕はしばらくそうしていた。ネットゲームの途中だったけれど、構うものか。

「友達が、息災そうで何よりだ」

友達という単語が、心に優しく染み渡る。マキシの言葉に、僕は何度も頷いて、粘土板を抱き続けたのであった。

著　蒼月海里（あおつき・かいり）

宮城県仙台市生まれ、千葉県育ち。日本大学理工学部卒業。元書店員の小説家。著書に「幽落町おばけ駄菓子屋」シリーズ、「華舞鬼町おばけ写真館」シリーズ（以上、角川ホラー文庫）、「幻想古書店で珈琲を」シリーズ、『稲荷書店きつね堂』（以上、ハルキ文庫）、「深海カフェ　海底二万哩」シリーズ（角川文庫）、「夜と会う。」シリーズ（新潮文庫 nex）、「水晶庭園の少年たち」シリーズ（集英社文庫）など多数ある。

イラスト　serori
装丁原案　西村弘美
カバーデザイン　大澤葉（ポプラ社デザイン室）　本文デザイン　高橋美帆子（ポプラ社デザイン室）

特装版　蒼月海里の「地底アパート」シリーズ5
地底アパートと幻の地底王国

2020年4月　第1刷

著　蒼月海里
発行者　千葉 均
編　集　門田奈穂子
発行所　株式会社ポプラ社
〒102-8519　東京都千代田区麹町 4-2-6
電　話　（編集）03-5877-8108
（営業）03-5877-8109
ホームページ　www.poplar.co.jp
印刷・製本　中央精版印刷株式会社

ISBN978-4-591-16564-5　N.D.C.913/199p/20cm

P4156005